Dominazione erotica e sottomissione Vol. 8

Erika Sanders

Dominazione erotica e sottomissione
Vol. 8

Erika Sanders
Serie
Collezione di dominazione erotica

Immagine di copertina: © krivitskiy- Pixabay, 2025

Prima edizione: 2025

Sinossi

È una raccolta di romanzi forti Contenuti BDSM erotici appartenenti alla raccolta Domination and erotic submission, una serie di romanzi ad alto contenuto BDSM romantico ed erotico.

Questa raccolta contiene i romanzi:
- Fantasia BDSM.
- Fotografa BDSM.
(Tutti i personaggi hanno 18 anni o più)

Nota dell'autrice:

Erika Sanders è una scrittrice di fama internazionale, tradotta in più di venti lingue, che firma i suoi scritti più erotici, lontani dalla sua solita prosa, con il suo cognome da nubile.

Indice:

DOMINAZIONE EROTICA E SOTTOMISSIONE VOL. 8
ERIKA SANDERS

FOTOGRAFA BDSM

PRIMEIRA PARTE
A oferta de emprego

CAPITOLO 1

Julia sedeva nella stanza buia del suo piccolo studio fotografico mentre sviluppava immagini fotografiche.

La fotografia è sempre stata la sua passione e lei l'ha trasformata nella sua carriera.

La trentenne osservò attentamente mentre le immagini venivano completate.

Li ha appesi ad asciugare e si è presa un momento per ammirare il suo lavoro per una famiglia amorevole.

Julia interruppe il suo lavoro quando sentì suonare il campanello dopo l'apertura della porta.

Andò alla reception e vide una donna esecutiva sulla quarantina, vestita come qualcuno che lavorava in un ufficio molto elegante.

"Buon pomeriggio", disse Julia con un caldo sorriso. "Benvenuti nel mio studio fotografico. Mi chiamo Julia. Come posso aiutarti?"

La donna professionale sorrise di rimando.

"Ciao Julia. Mi chiamo Catherine."

Si strinsero la mano mentre Julia era in piedi dietro il bancone.

"Piacere di conoscerti, Catherine. C'è qualcosa che posso fare per te oggi? Stai cercando qualcosa in particolare?"

"In realtà lo sono. Adoro il tuo lavoro. Penso che tu sia bravo a scattare ritratti e catturare momenti speciali."

Julia arrossì.

"Grazie. Sei qui per una raccomandazione?"

"Effettivamente ricerca. Penso che le immagini che hai sul tuo sito web siano fantastiche. Sei una donna di grande talento."

"Faccio il meglio che posso".

"Quindi come funziona questo processo?" Chiese Catherine. "Le persone ti contattano, ti dicono quello che vogliono e poi scattano foto di loro? Ovviamente non sono nuovo a questo."

"Di solito funziona così. A volte le persone vengono nel mio studio se vogliono fare ritratti o altre volte mi assumono per tornare a casa."

"Che tipo di foto fai di solito?"

"Dipende", rispose Julia. "Se devo uscire, di solito è per matrimoni, cerimonie, lauree, cose del genere. Nel mio studio di solito faccio ritratti di famiglia."

"Ti dispiace se ti faccio una domanda personale?"

"Avanti."

"Guadagni molti soldi facendo questo?"

"È una vita dignitosa."

"Julia, non perderò il tuo tempo" disse Catherine in tono professionale. "Sto cercando di assumere un fotografo per una serie di servizi fotografici. Pagherò buoni soldi e richiederò la massima discrezione. Tutte le immagini saranno orientate agli adulti."

"Questo non dovrebbe essere un problema", rispose Julia con sicurezza. "Prima ho fatto molto lavoro nudo. Sono a mio agio con questo genere di cose."

"Che tipo di esperienze hai al riguardo?"

"Ho frequentato alcune lezioni di nudo artistico al college. Nella mia carriera fotografica ho scattato sensuali ritratti di nudo femminile. È una richiesta abbastanza comune. Presumo che tu voglia qualcosa del genere."

Catherine sorrise.

"Non del tutto. Quello che faccio implica un po 'più di erotismo."

"È pornografico?" Chiese Julia con cautela.

"Non sono una persona a cui piace etichettare le cose. Esploro i limiti della sessualità umana in un modo molto particolare. Ho amici speciali e vorrei che documentassi alcune delle nostre sessioni con il tuo set unico di abilità. Come fotografo "

Julia era un po 'perplessa.

"Non posso. Mi dispiace. Senza offesa, ma probabilmente non avrei potuto fare del mio meglio in quell'ambiente."

Catherine prese la borsa e mise un biglietto da visita sul tavolo.

"Grazie per il tuo tempo," rispose Catherine educatamente. "Come artista, speravo che avessi una mente aperta a tutte le forme d'arte che coinvolgono il corpo umano. Se sei curioso di quello che faccio, chiamami. Spero ancora che alla fine potremo lavorare insieme. Buona giornata."

"Anche tu. Grazie per essere venuto. Mi scuso per non essere stato in grado di aiutarti."

"Non scusarti. Questo non è per tutti. Sul retro della mia carta ho scritto l'importo che avrei pagato per i tuoi servizi. Pensaci."

Detto questo, Catherine si voltò e lasciò il piccolo studio.

Era stata l'offerta più insolita che Julia avesse ricevuto da quando aveva iniziato la sua attività di fotografia.

Non era mai stata sollecitata per qualcosa di apertamente sessuale prima.

Prese la carta e la guardò.

Con sua sorpresa, Catherine ricoprì una posizione di alto livello presso un'importante banca di investimento in città.

Julia girò la carta e vide il prezzo che Catherine era disposta a pagare, e fu sorpresa.

CAPITOLO 2

Più tardi stava pensando quella notte.

La curiosità era ancora nella mente di Julia prima di andare a letto, nonostante una parte di lei volesse stare lontana da Catherine.

Andò nella spazzatura dove l'aveva gettata via e tirò fuori il biglietto da visita di Catherine, che lo aveva trasformato in una palla.

Lo spiegò e diede un'altra occhiata.

Quindi andò al suo computer per una rapida revisione.

Dopo una breve ricerca, Julia ha trovato la pagina LinkedIn di Catherine.

Catherine era una donna d'affari di grande esperienza con una posizione elevata in una grande banca di investimento.

La quantità di esperienza che Catherine ha avuto ad alto livello è stata sorprendente per Julia.

Julia ha continuato la sua ricerca online e ha trovato la pagina Facebook di Catherine, aperta a tutti.

Guardò attraverso le foto personali della donna d'affari.

Catherine era bellissima, elegante, sofisticata, con un'aura dominante.

Julia si chiedeva perché una donna del genere fosse interessata a scattare fotografie esplicite.

Ma ovviamente ognuno ha i suoi segreti, pensò Julia.

L'intrigo era abbastanza per Julia per cambiare idea.

Dopo tutto, quanto possono essere squallide queste immagini?

Sicuramente dovevano essere di buon gusto.

Aprì la sua e-mail e scrisse a Catherine un messaggio:

Ciao Caterina

Spero ti stia divertendo. Sono Julia dello studio fotografico. Ho pensato molto alla tua offerta e potrei riconsiderare la mia posizione sull'argomento, se sei ancora interessato a lavorare con me. Ma prima ho alcune domande. C'è un momento appropriato in cui possiamo parlare al telefono? O desideri continuare a comunicare via e-mail? Fammi sapere.

Attenzione,

Julia "

Guardò l'orologio, ed erano già le venticinque di notte.

Julia spense il computer e diede un'altra occhiata al biglietto da visita.

Lo rigirò e guardò il biglietto scritto a mano di Catherine: cinquecento dollari l'ora.

Era diventata più curiosa solo quando andava a letto.

CAPITOLO 3

La mattina seguente fu una tipica mattinata per Julia.

Quando non c'erano clienti o clienti nel suo piccolo studio, trascorreva il suo tempo nella camera oscura a sviluppare altre foto.

Era un lavoro noioso, ma le piaceva.

Quando ebbe finito, lasciò la stanza buia e guardò il suo laptop sulla sua scrivania.

Ci sono state diverse nuove e-mail.

Gli occhi di Julia scrutarono brevemente l'elenco dei messaggi, principalmente legati al lavoro.

Ciò che attirò immediatamente la sua attenzione fu la risposta e-mail di Catherine.

Lo ha aperto:

Julia

Sono contento che tu abbia riconsiderato la mia offerta. È meglio se ci incontriamo di persona per discuterne. Vieni nel mio ufficio venerdì alle otto del mattino. Prenderò un appuntamento per te e il mio segretario per farti entrare.

Catherine "

La breve e-mail fu più che sufficiente per suscitare nuovamente l'interesse di Julia.

Prese la borsa per cercare nel biglietto da visita di Catherine l'indirizzo del suo ufficio in centro.

Usò Internet e cercò le indicazioni per arrivarci da casa sua e si assicurò di mantenere il suo programma chiaro per venerdì mattina.

SECONDA PARTE
La stanza della schiavitù

CAPITOLO 4

Julia era nervosamente in piedi nell'ascensore mentre saliva nel grande edificio.

Indossava una camicia abbottonata con una gonna da ufficio per apparire appropriata nell'ambiente aziendale.

Quando l'ascensore finalmente raggiunse il pavimento, Julia cercò timidamente l'ufficio di Catherine nella strana area per lei.

Quando la localizzò, si avvicinò a un giovane segretario che gli permise di entrare nell'ufficio.

Silenziosamente deglutì quando entrò e si rese conto di aver appena interrotto il lavoro di Catherine, qualunque cosa fosse all'epoca.

"Per favore, siediti," disse Catherine educatamente da dietro la sua scrivania. "Sono contento che tu abbia cambiato idea su una possibile relazione."

Julia si sedette e si rilassò.

"Beh, ci ho pensato e ho capito che probabilmente è qualcosa di buon gusto."

"Guarda il mio ufficio. Certo, tutto ciò che faccio è di buon gusto", ha detto scherzosamente la donna d'affari.

"Posso assolutamente vederlo."

"E sono sicuro che i soldi che offro ti hanno aiutato a convincerti, è corretto?"

Julia arrossì.

"Fa parte di esso."

"Bene" concordò Catherine. "Apprezzo la tua onestà. Non c'è vergogna nel volere più soldi."

"Il denaro è sempre buono. Non sono esattamente ricco. Ma più di ogni altra cosa, amo l'arte della fotografia. Adoro catturare immagini di persone che dureranno una vita. Sembri una persona davvero interessante e raccontare la tua storia con le mie foto è stato un'opportunità che non sono riuscita a lasciarmi sfuggire. "

"Sapevo che stavo scegliendo la donna giusta per il lavoro" sorrise Catherine.

"Ti dispiacerebbe darmi un'idea di quello che vuoi? Capisco il tuo bisogno di discrezione dato l'argomento. Ma a questo punto, mi piacerebbe sapere in cosa mi sto cacciando."

"Conosci la schiavitù e lo stile di vita BDSM?"

Julia fu sorpresa.

"Sì, lo sono."

"Cosa puoi dirmi a riguardo?"

Julia ci pensò un momento.

"Non molto. Conosco solo le cose da cliché che vedo in TV. Sai, fruste, catene, pelle. Questo genere di cose."

"Questo è solo un piccolo aspetto del feticcio", ha spiegato Catherine. "Il vero BDSM riguarda il dominio e la sottomissione. Si tratta di perdere potere e donarsi completamente a un'altra persona. Sicuro e consensuale, naturalmente. Fruste e catene sono semplici strumenti per raggiungere un obiettivo specifico."

"È, come, un'amante o qualcosa del genere?" Chiese Julia in tono timido.

"Non mi piacciono le etichette. Ma penso che si adatterebbe a quella descrizione. Ti dà fastidio?"

"Niente affatto. Umm, penso che l'empowerment femminile sia una grande cosa."

"Anch'io," concordò Catherine. "E vedrai un grande potenziamento femminile quando verrai nella mia stanza speciale. La maggior parte dei miei sottomessi sono potenti uomini d'affari nella loro vita quotidiana. Si preoccupano di farmi inginocchiare in privato."

"E tu?"

"Io cosa?"

"Ti presenti anche tu?" Chiese Julia.

Catherine sorrise.

"Certo che lo so. Non lo farei se non amassi ogni secondo."

"Come funziona? Voglio dire, vengono a trovarti? E allora? Li colpisci o qualcosa del genere?"

"Ho una stanza di schiavitù speciale nella mia soffitta", rispose Catherine. "Incontro diversi sottomessi dal mondo aziendale. È qualcosa di esclusivo. Di solito nei fine settimana. Solo per un'ora."

"Perché un'ora?" Chiese Julia.

"È il periodo di tempo perfetto, secondo me. Se durasse troppo a lungo, le cose inizierebbero a fare male, in modo negativo. Se fosse troppo breve, non ci sarebbero abbastanza preliminari per costruire le cose. Un'ora è il tempo perfetto per costruire un climax incredibile ".

"Sembra provocatorio."

"Aspetta di vederlo" disse Catherine. "Indosso una maschera d'oro. È come un alter ego che ho. Una volta che la maschera è accesa, divento una persona diversa. Se le persone pensano che io sia una cagna in ufficio, aspetta che tu sia nella mia stanza di schiavitù con me con la maschera e una frusta in mano. Divento qualcosa di completamente diverso. "

Julia era attratta da Catherine.

Era un nuovo mondo di libertà sessuale senza le restrizioni delle inibizioni personali.

Lo respinse in qualche modo, ma allo stesso tempo era completamente affascinante.

Non vedevo l'ora di vederlo e catturarlo sulla fotocamera.

"Vuoi che fotografi l'intera esperienza, vero?" Chiese Julia, per chiarire.

"Voglio che tu fotografi tutto tranne i volti. La discrezione è della massima importanza, poiché i miei sottomessi sono per lo più individui facoltosi. Non ti sarà permesso di sapere chi sono. Saranno sempre mascherati."

Le dita di Julia si mossero nervosamente.

"Sarò onesto. Tutto questo mi sembra strano. Non mi è mai stato chiesto di far parte di qualcosa di simile prima. Non ho mai visto queste cose in video, il che non significa che non ho visto la pornografia. Tutto è molto nuovo per me."

"Allora ti invidio", rispose Catherine.

"Davvero perchè?"

"Perché lo esplorerai per la prima volta, con occhi vergini."

"Sarà sicuramente così", rispose Julia.

"Dimmi, sei soddisfatto della tua vita sessuale?"

"Cosa intendi?"

"Sei sessualmente soddisfatto?" Chiese Catherine senza mezzi termini. "Ti cum come vuoi? Ti piacerebbe avere orgasmi migliori? Vuoi qualcuno che ti frega il corpo e l'anima?"

Julia fu sorpresa dalle rispettabili domande della donna d'affari.

"La mia vita sessuale potrebbe essere migliore", ha ammesso. "Sono single. Non esco da molto tempo. È il prezzo personale che pago per gestire la mia attività."

"Quindi probabilmente ti masturbi molto."

"Più o meno."

Catherine prese una penna e un blocco note e iniziò a scrivere.

Una volta finito, consegnò il biglietto a Julia.

"Questo è l'indirizzo del mio appartamento" disse Catherine. "La prossima sessione è sabato alle dieci di sera. Non fare tardi. Sarai pagato cinquecento dollari per l'intera ora. Scatta foto di ciò che vuoi, tranne i volti o qualsiasi cosa che possa essere usata per identificare qualcuno. Le immagini mi appartengono esclusivamente. Quindi non pubblicarle da nessuna parte. Il mio segretario avrà un contratto e moduli di riservatezza pronti da firmare quando lasci il mio ufficio. Per ora sarà tutto ".

Julia si alzò in piedi.

"Grazie. Attendo con impazienza il nostro incontro di sabato."

Anche Catherine si alzò e le due donne si strinsero la mano per chiudere informalmente l'accordo.

"Un'altra cosa, indossa un bel vestito quando vieni. Voglio che tu abbia un bell'aspetto."

Lo sguardo sulla faccia di Julia cambiò.

In quel preciso momento, si era appena reso conto di quello in cui stava entrando.

CAPITOLO 5

Dopo aver incontrato il segretario per firmare i moduli e gli accordi, Julia lasciò rapidamente l'edificio aziendale per respirare aria fresca.

La sua mente era un misto di emozioni.

Ero curioso, ma ero nervoso.

Ero incuriosito, ma riluttante.

Si rese conto che era tutto in testa, ma era troppo tardi per ritirarsi.

Aveva già dato la sua parola, firmato i contratti e non si poteva tornare indietro.

La strada del centro era piena e osservò i dipendenti delle aziende camminare verso le loro destinazioni, mentre rimase completamente nervosa.

Julia vide una piccola caffetteria all'aperto e si avvicinò per mettersi in fila.

Avevo disperatamente bisogno di qualcosa di forte da bere.

Nel momento in cui Julia si mise in fila, sentì una voce chiamarla da dietro.

Si voltò e vide il segretario personale di Catherine avvicinarsi a lei con un sorriso.

La segretaria era sorprendentemente giovane, ventenne, ed era molto bella.

"Ho dimenticato di firmare qualcosa?" Chiese Julia, mentre il segretario si avvicinava.

"No. Tutto è già fatto. Sono in pausa e volevo parlarti."

"Perchè?"

"So per cosa sei stato assunto", ha detto. "Quando hai firmato i documenti, sembravi terrorizzato, come se stessi firmando un contratto per la tua vita."

"Puoi incolparmi di sentirmi così?"

Il segretario sorrise.

"È una sensazione normale. So esattamente cosa stai passando."

"Lo sai?" Chiese Julia.

"Sì. Diciamo che ho svolto un lungo processo di intervista per ottenere il mio lavoro come segretaria di Catherine."

Julia non impiegò molto a stabilire la connessione.

Si rese immediatamente conto che la bella giovane segretaria era sessualmente sottomessa a Catherine.

Julia fece del suo meglio per evitare di sembrare sorpresa.

"Quindi tu e Catherine?" Chiese Julia in modo suggestivo e curioso.

Il segretario annuì con orgoglio.

"Ho fatto domanda per il lavoro sapendo che non ero qualificato per lavorare per una donna corporativa di alto livello. Ma pensavo di non avere nulla da perdere. Mi ha intervistato personalmente. Mi sono reso conto che le piaceva il mio aspetto. E prima che lo sapessi, ho firmato molti degli stessi documenti che hai fatto. Poi mi ha fatto entrare nel suo mondo privato di avventure. "

"Perché mi stai dicendo questo? Non voglio sembrare scortese, ma non sono esattamente le informazioni che dovrebbero essere condivise."

"Sembra che potresti aver bisogno di un amico. Non voglio che tu sia nervoso."

"Grazie", rispose Julia. "Tuttavia, sono già nervoso. Non posso fare a meno di pensare di aver fatto un grosso errore. Non sono sicuro di poter gestire un feticcio del genere."

"Ho pensato la stessa cosa quando ho iniziato a mettermi in gioco con lei. Ero terrorizzata quando ho visto per la prima volta la sua stanza di schiavitù. Le mie mani tremavano quando abbiamo iniziato il processo. Ma ora, non posso essere senza di essa."

"Cosa ti ha fatto cambiare opinione?" Chiese Julia.

"Piacere".

CAPITOLO 6

Sabato sera.

Julia andò nell'appartamento con la sua macchina fotografica nella sua custodia e indossava un vestito giallo che aveva acquistato appositamente per l'occasione.

Erano le nove di sera.

È arrivato un'ora prima dell'appuntamento quando è salito sull'ascensore.

Essere puntuali faceva parte del lavoro.

Quando arrivò a terra, Julia andò nell'appartamento di Catherine e chiamò.

Non dovette aspettare molto che Catherine aprisse la porta a piedi nudi in una veste di seta.

I capelli di Catherine erano ben curati, così come il suo trucco perfetto.

"Sei in anticipo" sorrise Catherine.

"Mi piace sempre essere in anticipo. È un problema? Posso sempre tornare un po 'più tardi ..."

"No, no, va bene. Vieni. Sono contento che tu sia arrivato presto. Ci dà la possibilità di parlare un po 'di più."

Julia entrò nell'appartamento e si meravigliò di tutto.

"Bel posto," disse Julia con ammirazione. "È meraviglioso. Non ho mai visto niente del genere in città."

"Stasera ci saranno molte cose che non hai mai visto prima."

"Sono sicuro che hai ragione. Posso vedere la tua stanza di schiavitù? Mi piacerebbe fare qualche foto in questo momento."

"Non ancora", rispose Catherine. "Voglio che tu faccia delle foto quando tutto inizia, non prima."

"Va bene."

"Qualcosa di spaventoso?"

Julia ci pensò un momento.

"Leggermente. Ma starò bene. Comunque, sono decisamente curioso. Non ho mai fatto parte di qualcosa del genere."

"Sei il tipo di donna che si divertirà. Lo sento."

"Cosa te lo fa dire?"

"Lo sto facendo da molto tempo", rispose Catherine. "So molto sulle abitudini sessuali delle persone semplicemente guardandole. Dopo stasera, sono sicuro che sarai desideroso di tornare. Sarai catturato. Fidati di me."

All'improvviso Julia si sentì a disagio con l'ipotesi di Catherine.

Ha cercato di rimanere professionale e seria.

"Allora, cosa puoi dirmi dell'ospite di stasera?" Chiese Julia, cambiando argomento.

"È ricco. È un mio amico di vecchia data. Di solito ricevo consigli di lavoro da lui, ma sessualmente mi prende i suoi ordini. Non vedrai la sua faccia e non conoscerai la sua identità."

"A che ora arriverà?"

"È qui" sorrise Catherine.

"Egli è ...?"

Catherine gesticolò guardando in fondo al corridoio.

"È nella mia stanza principale. Vuoi che diamo un'occhiata?"

Entrambe le donne percorsero il corridoio del lussuoso appartamento.

La frequenza cardiaca di Julia salì alle stelle come se stesse facendo un esercizio cardiovascolare.

Il suo cuore batteva forte quando Catherine aprì la porta della camera da letto principale.

"Eccolo" disse Catherine.

Julia fu quasi scioccata quando vide un uomo di mezza età seduto sul letto, vestito solo con le mutande.

Il viso e la testa erano coperti da una maschera di pelle nera.

In lui c'erano buchi per lui di vedere e parlare.

Guardò direttamente Julia.

Il suo corpo rifletteva la sua età e la sua figura era liscia e paffuta.

Le loro mani erano legate insieme da una corda.

"Cosa ne pensi?" Chiese Catherine con un sorriso malvagio confinante.

"Non so cosa pensare".

"Beh, hai paura di cosa gli farò? Questo ti eccita in qualche modo? Devi avere delle idee a riguardo."

"Certamente è un'immagine molto provocatoria."

Catherine sorrise.

"Se ritieni che ciò sia provocatorio, attendi l'inizio dello spettacolo. Tuttavia, non è ancora tempo."

Chiuse la porta della camera da letto e si fermarono in corridoio.

"Nel frattempo," disse Catherine, guardando il corpo del fotografo. "Pensavo di averti detto di indossare un bel vestito per stasera."

Julia guardò brevemente il suo vestito giallo a buon mercato.

"Mi dispiace. Questo è stato il migliore che ho trovato."

"Non è abbastanza buono. Seguimi."

Le due donne si diressero verso una stanza diversa in fondo al corridoio.

Era una stanza per gli ospiti, che era impressionante come la stanza principale.

La stanza era ordinata e il letto sembrava fresco.

Catherine aprì l'armadio e cercò brevemente l'ampia varietà di abiti costosi.

Quando trovò quello che cercava, lo gettò sul letto.

Era un abito nero sottile ed elegante.

"Indossalo" disse Catherine. "Non voglio che tu indossi qualcosa di diverso da quello, nemmeno le tue scarpe."

"E il mio reggiseno e le mie mutandine?"

"Nemmeno. È un problema?"

Julia scosse la testa.

"Non."

"Bene. Vestiti in questa stanza. Torno presto una volta che mi metterò gli stivali e mi libererò di questa veste."

"Va bene."

"Sei pronto per questo?" Chiese Catherine.

"Sono."

"Sembri imbarazzante. Va bene essere nervosi. Ma se non vuoi continuare, va anche bene. Posso sempre trovare qualcun altro e ti pagherò anche per stasera."

Julia respirò brevemente.

"No. Voglio farlo. Metterò il vestito e sarò pronto quando lo sarai."

"Eccellente" sorrise Catherine, prima di voltarsi per andarsene.

Julia rimase sola nella lussuosa camera degli ospiti.

Guardò il vestito nero che giaceva sul letto e si chiese quanto valesse la pena.

Sembrava costoso.

Abbassò la macchina fotografica, poi si tolse il vestito giallo e lo gettò sul letto.

Si tolse le scarpe.

Alla fine, come richiesto da Catherine, si tolse reggiseno e mutandine e rimase nuda nella stanza.

Fissò il suo aspetto nudo allo specchio, notando quanto fosse normale.

Prese l'abito nero e se lo mise, poi si guardò di nuovo allo specchio.

Questa volta, sembrava molto diversa.

Sembrava una donna di classe ed eleganza.

"Bella", disse la voce di Catherine dal corridoio.

Julia fu sorpresa di averla osservata, ma non era sicura di quanto tempo.

I suoi occhi si spalancarono per lo stupore quando vide Catherine con un corsetto nero e lunghi stivali neri.

L'aspetto di Catherine era in netto contrasto con il suo solito abbigliamento professionale.

"Oh grazie," rispose Julia con calma. "Sei bellissima anche tu."

"Ora è il momento. Ho rimosso l'assicurazione sulla mia stanza speciale. È alla fine della sala. Aspettami lì con la tua macchina fotografica pronta e io prenderò il nostro ospite speciale. Sei libero di scattare le foto come vuoi. Non ti darò istruzioni su come svolgere il tuo lavoro. Dipende da te. "

"Grazie."

Catherine si fece da parte, indicando a Julia che era ora di andare da soli nella stanza della servitù.

Julia respirò piano, e con la sua grande macchina fotografica in mano, oltrepassò Catherine e si diresse lungo il corridoio verso la stanza aperta.

CAPITOLO 7

La stanza della schiavitù era grande e le pareti erano coperte di imbottitura nera.

Era una stanza molto ben illuminata.

Gli occhi di Julia scrutarono i diversi oggetti e gadget sessuali in mostra.

C'era una grande varietà di dildo, giocattoli sessuali, catene e fascette.

C'erano una sedia e un tavolo nella stanza, che erano gli unici mobili disponibili.

Sul muro c'era un grande orologio per garantire che ogni sessione durasse esattamente un'ora.

Fu solo quando sentì il suono dei tacchi di Catherine che batteva sul pavimento che Julia si ricordò che aveva un lavoro specifico da svolgere.

Stavano arrivando e Julia preparò la sua macchina fotografica per scattare foto.

La prima cosa che Julia vide entrare nella stanza fu l'uomo di mezza età, con le mani ancora legate e il viso ancora coperto per proteggere la sua identità.

Julia gli ha fatto una foto.

Quindi Catherine entrò nella stanza.

Indossava una maschera d'oro lucido che le copriva il viso, ma permetteva ai suoi capelli di cadere liberamente.

La maschera sembrava essere stata creata nel XV secolo circa per una famiglia reale, pensò Julia.

Julia fece delle foto a Catherine che guidava l'uomo nella stanza e poi chiuse la porta.

Julia osservò incuriosita mentre l'uomo legato doveva inginocchiarsi.

Catherine gli ordinò di mettersi in ginocchio e di tacere.

Julia ha fatto altre foto.

Catherine è andata alla sua collezione di giocattoli erotici e ha cercato quello che voleva.

Alla fine si sistemò su un lungo dildo color carne.

Ma non aveva ancora finito.

Legò il dildo ad una cintura e poi lo fece scivolare sul suo corsetto di cuoio.

Julia ha fatto altre foto.

"Sei pronto stasera?" Chiese Catherine al suo uomo sottomesso.

"Mmm ... Hmmm ..." mormorò in risposta.

"Bravo ragazzo" disse Catherine in tono condiscendente. "Ora voglio che il tuo culetto si pieghi sul tavolo."

L'uomo si alzò e si fermò sul tavolo, con lo stomaco e le gambe divaricate.

L'uomo dimostrò di averlo fatto diverse volte prima e che si stava godendo ogni momento, non importa quanto l'esperienza tempestosa o degradante sembrasse a una persona normale.

Catherine prese una piccola pala di legno e cominciò a toccare delicatamente il sedere dell'uomo.

All'inizio era liscio, come se le importasse del suo benessere.

Con la pala cominciò a colpirlo più forte, poi ancora più forte.

L'uomo cominciò a mormorare con la bocca mentre i colpi diventavano più intensi.

Julia stava quasi male per lui, ma ha fatto il suo lavoro e invece ha fatto delle foto.

"Ti piace, porcellino?" Gli chiese Catherine, continuando con la pala.

"Mmm ... Hmm ..."

"Ho qualcos'altro per te."

Catherine posò la pala e legò le mani e le caviglie dell'uomo ai diversi angoli del tavolo.

È stato catturato.

Tutta la sua fiducia era completamente riposta in Catherine.

Era per sua volontà e per sua misericordia.

Afferrò una bottiglia di lubrificante e se ne coprì una grande quantità sulla punta del dito.

Julia scattò foto ravvicinate del dito lubrificato di Catherine.

Julia quindi scattò foto ravvicinate del dito che entrava nell'ano dell'uomo.

Gemette mentre veniva penetrato dal dito di Catherine.

Quindi inserì due dita.

Quindi tre.

Julia si chiese se l'uomo si stesse divertendo.

Ma quella non era la sua preoccupazione.

Il lavoro di Julia era quello di scattare una foto della penetrazione, e lo fece, con la fotocamera che catturò tutto.

Lo stomaco di Julia quasi affondò quando vide Catherine posizionarsi dietro l'uomo, il grande pene legato alla sua vita che puntava direttamente al calcio allungato dell'uomo.

Julia era pronta a urlare e perorare a favore dell'uomo indifeso sul tavolo.

Voleva fermare questa follia da parte sua.

Ma lei no.

Non era il suo ruolo.

Aveva la bocca incredula e abbassò brevemente la videocamera in modo da poter vedere la penetrazione anale con i propri occhi.

Era uno spettacolo stridente.

Alzò la macchina fotografica, la puntò direttamente sulla penetrazione anale e scattò altre foto.

CAPITOLO 8

Lunedi.

Era mattina presto e Julia era in piedi nella sua stanza buia e rivelava tutte le foto che aveva scattato per Catherine.

In totale c'erano oltre duecento immagini.

I primi lotti erano pronti.

La qualità delle immagini era buona e ammirava il suo lavoro.

Sapeva che Catherine sarebbe stata contenta del modo in cui aveva catturato la stanza della schiavitù.

Sapeva che a Catherine sarebbe piaciuto anche come l'uomo sottomesso fu catturato.

C'erano immagini che catturavano Catherine nel suo vestito e c'erano primi piani della maschera d'oro.

Julia guardò brevemente il resto delle strisce di pellicola che aveva preso.

Guardò le immagini dell'uomo che succhiava l'oggetto sessuale, veniva frustato, quindi sodomizzato per un lungo periodo dalla grande cintura.

Il battito del suo cuore si alzò.

Quindi guardò le immagini dell'uomo scosso da Catherine.

Aveva sparato un enorme carico di sperma sul terreno, che gli era stato quindi ordinato di pulire con la lingua.

Julia avvertì una sensazione di bruciore tra le gambe.

Era eccitata nella sua stanza buia, proprio come era stata nella stanza di schiavitù di Catherine.

Si sbottonò i pantaloni e fece scivolare la mano destra sulle mutandine.

Ha guardato il film che veniva rivelato, l'uomo che succhiava il dildo mentre era in ginocchio, e si toccava sessualmente.

Ricordava tutto ciò che sentiva quando vide tutto per la prima volta.

Immaginava che fosse sodomizzato e Catherine lo masturbasse.

Si toccò pensando all'uomo che succhiava le tette di Catherine.

Pensò a tutti i commenti verbalmente degradanti che le aveva fatto e alla difficile situazione in cui era stata posta.

Quindi, Julia si immaginò nella posizione dell'uomo.

Si chiese se le sarebbe piaciuto essere succhiato da un dildo ed essere sodomizzato in una posizione così degradante.

Quando ebbe un orgasmo nella camera oscura, si rese conto che la risposta era sì.

TERZA PARTE
Maschera d'oro e abito nero

CAPITOLO 9

Due mesi dopo Julia indossava un vestito nuovo quando andò nell'ufficio di Catherine.

L'avevano invitata a un incontro privato.

Una volta raggiunto il pavimento senza esitazione, ebbe una breve discussione con il segretario e gli fu permesso di entrare nell'ufficio di Catherine.

Le due donne si salutarono con un abbraccio e si sedettero entrambe nei rispettivi posti, con Catherine dietro la sua grande scrivania e Julia seduta di fronte a lei.

"Posso onestamente dire che sei il miglior impiegato che abbia mai avuto", ha detto Catherine. "Ciò significa qualcosa, dato il numero di persone qualificate che hanno lavorato per me nel corso degli anni."

Un sentimento di orgoglio dilagò su Julia.

"Grazie. Faccio del mio meglio."

"Ti piace avermi come datore di lavoro? Ho la reputazione di essere una vera cagna, che è meritata."

"Non credo che tu sia una cagna," rispose scherzosamente Julia. "Penso che tu sia una donna forte. E sei facilmente il datore di lavoro più intrigante che abbia mai avuto. Ogni settimana è una specie di strabiliante mente. Lo adoro. Attendo sempre con impazienza i nostri incontri."

"Beh, sfortunatamente, i tuoi servizi non saranno più necessari", ha detto Catherine in tono commerciale diretto. "Hai completato il tuo compito fotografando tutti i miei sottomessi. Penso che tu abbia fatto un lavoro meraviglioso. Il tuo lavoro ha superato di gran lunga le mie aspettative."

Julia fu sorpresa.

Aveva amato divertirsi, guardare e scattare foto della vita sessuale segreta di Catherine.

Andare nel suo appartamento il sabato sera era la sua emozione della settimana.

E si masturbava in privato ogni volta che tornava a casa.

Si era anche affezionato alla compagnia di Catherine ogni settimana.

"Oh bene, sono contento che ti sia piaciuto il mio lavoro", rispose Julia, cercando di non sembrare devastata.

"Non sono l'unico a cui piace. Tutti i miei uomini sottomessi concordano sul fatto che hai fatto un lavoro eccezionale con la tua fotografia. Riceverai un bonus considerevole per questo. Quando lasci il mio ufficio, il mio segretario lo farà, consegnandoti una busta con i soldi ".

"È molto gentile da parte tua."

Catherine sorrise.

"Non è un problema."

"C'è un modo in cui ... possiamo ... continuare questo?" Chiese Julia con tutta la sicurezza che riuscì a raccogliere. "Come fotografo, penso che ci siano molte altre cose che potremmo esplorare e che non abbiamo ancora fatto."

Catherine alzò un sopracciglio.

"Davvero? Quindi il timido piccolo fotografo vuole continuare a lavorare per me. È interessante."

"Beh, sono interessato al tuo hobby," ammise Julia nonostante se stessa. "È una cosa affascinante e penso che abbiamo fatto un ottimo lavoro insieme in termini di creazione artistica."

Catherine ci pensò su per un momento.

"Potrei avere qualcos'altro per te. Nessuna garanzia. Ma potrebbe essere fuori dalla tua portata."

L'attenzione di Julia fu improvvisamente risvegliata.

"Che cos'è?"

"Il feticcio della schiavitù è più comune nel mondo degli affari di quanto si pensi. È molto popolare tra gli uomini potenti, perché amano il cambio di ruolo. Amano rinunciare alle donne seducenti dopo essere state il capo di tutto. il giorno. Ti interessa finora? "

"Assicurazione."

"Fantastico. Contatterò gli organizzatori dell'evento per vedere se puoi partecipare."

"Evento?" Chiese Julia.

"Sì, è un piccolo evento che accade di tanto in tanto. È una festa di schiavitù, fondamentalmente, dove i ricchi e potenti si divertono davvero da adulti."

"Sembra qualcosa che mi piacerebbe vedere."

Catherine sorrise.

"Non ne hai idea. È così sporco e volgare che tutti sono mascherati. Tutto è completamente discreto. Inoltre, è una tradizione."

"Cosa avrei fatto lì?"

"Scatta foto. Cos'altro sarebbe? Forse gli organizzatori dell'evento vogliono delle bellissime foto per souvenir o qualcosa del genere."

"Posso assolutamente farlo", rispose Julia. "Ad essere onesti, da quando ho iniziato a scattare foto delle tue sessioni di bondage, tutto il resto che faccio sul lavoro sembra molto noioso in confronto."

Catherine sorrise.

"Sapevo che ti sarebbe piaciuto. Sei quel tipo di ragazza. Ora, se mi scusi, ho un appuntamento tra pochi minuti."

"Oh, certo. Grazie per il tuo tempo."

Julia si alzò e allungò la mano per una stretta di mano prima di andarsene.

"Un'altra cosa" aggiunse Catherine. "I miei altri amici non giocano sempre legalmente. Quindi, se vuoi continuare a lavorare per me, devi essere al sicuro."

"Sono sicuro."

Catherine annuì.

"Lo pensavo. Ci terremo in contatto. E ti risponderemo presto.".

CAPITOLO 10

Una settimana dopo.

Era martedì mattina presto.

Julia fu svegliata da una serie di colpi alla porta.

Si alzò dal letto, si guardò brevemente allo specchio, quindi aprì la porta.

Con sua sorpresa, era la segretaria di Catherine a tenere un piccolo pacco.

"Buongiorno", disse la segretaria con un sorriso smagliante.

"Buongiorno, entra."

La segretaria entrò nel piccolo appartamento con il pacco e Julia chiuse la porta.

"Mi dispiace disturbarla così presto," disse il segretario. "Sono impegnato per il resto della giornata, quindi questa è stata l'unica volta che ho avuto."

"Non preoccuparti. Vuoi un caffè o un drink?" Chiese Julia.

"Sto bene grazie mille."

"Quindi cosa ti porta qui questa mattina?"

"Catherine ha contattato gli organizzatori dell'evento", ha risposto il segretario. "Tutti adorano il tuo lavoro e pensano che le tue foto sarebbero le benvenute."

"È un'ottima notizia. Mi piacerebbe molto partecipare."

"Tuttavia, c'è una condizione."

"Che cos'è?" Chiese Julia.

"L'evento di schiavitù è esclusivo e non lasciano entrare nessun estraneo. Pertanto, devi avere un'iniziazione prima di poter scattare foto lì."

La notizia ha svegliato Julia più forte di qualsiasi tazza di caffè.

"Cosa intendi?"

"C'è un processo di iniziazione per i nuovi membri. Mi è stato detto che non c'è modo di evitarlo. Devi farlo, se vuoi continuare a lavorare per Catherine."

"Bene, cosa richiede questa iniziazione? Qualcosa di estremo?"

"Cambia ogni volta", rispose il segretario. "Sono stato avviato alcuni anni fa, ed è stato piuttosto tranquillo. Ma per gli altri, wow. Non vorrei che fossero stati loro."

All'improvviso Julia sentì girare la testa.

Voleva il lavoro più di ogni altra cosa e non voleva deludere Catherine rifiutando.

"Di 'a Catherine che lo farò" disse Julia.

Il segretario sorrise e mise il pacco su un tavolo vicino.

"Sapeva che ti sarebbe interessato. Questo è per te."

"Che cos'è?"

"Aprilo e lo vedrai."

Julia sollevò il coperchio del pacchetto e vide una maschera d'oro su un sottile panno nero.

La maschera era elegante e simile a quella indossata da Catherine durante ogni sessione di schiavitù.

"Per cosa è?" Chiese Julia, mentre prendeva la maschera per esaminarla.

"Dovrai usarla per l'evento. È dello stesso tipo di Catherine, che farà sapere alla gente che sei suo ospite e suo sottomesso."

Julia continuò a guardarlo.

"È una bellissima maschera."

"Certamente. C'è anche un vestito nella confezione. Dovrai indossarlo. Nient'altro che i tacchi."

Julia sollevò il sottile panno nero dalla confezione.

Era completamente trasparente.

"Non mi è permesso indossare nient'altro sotto?" Chiese Julia.

"No, niente. L'evento inizia alle sette del pomeriggio di sabato. Un autista verrà a prendervi alle sei, quindi preparatevi. Vi sarà permesso indossare un cappotto per coprire il corpo quando camminate verso l'auto, ma toglietelo una volta arrivi all'evento. Non dimenticare di portare la maschera e la macchina fotografica. "

"Posso farti una domanda personale?"

"Certo", rispose il segretario.

"Pensi che posso andare avanti con questo? Voglio dire, secondo te, pensi che posso gestire cosa accadrà all'evento?"

Il segretario sorrise.

C'è solo un modo per scoprirlo. "

CAPITOLO 11

Sabato sera.

La porta dell'ascensore si aprì e Julia camminò rapidamente lungo il corridoio del suo condominio.

Indossava tacchi alti e un grande cappotto.

Sotto, indossava l'abito nero trasparente e nient'altro.

Teneva in mano il pacco con dentro la maschera d'oro e un'altra scatola contenente la sua macchina fotografica.

Camminava il più velocemente possibile in modo che nessuno potesse vederla.

Un'auto nera la stava aspettando, con l'autista che teneva la portiera aperta.

Quando salì in macchina, vide Catherine seduta sul sedile posteriore.

Una volta seduta Julia, l'autista chiuse la portiera e si diresse verso la loro destinazione.

"Sei carina con quel vestito" disse Catherine. "È bello vederti in qualcosa di un po 'più sexy di quello che indossi normalmente."

"Grazie. Stai benissimo anche tu."

Gli occhi di Julia si posarono sul corpo di Catherine, che era molto più nudo.

Catherine non si vergognava di sedersi in macchina con indosso solo un vestito nero sottile.

Ogni curva del suo corpo era completamente visibile e i suoi grandi capezzoli marroni potevano essere visti attraverso il materiale sottile.

"Sembri un po 'nervoso" disse Catherine.

"Più o meno. L'intero processo è abbastanza intimidatorio per me. Ho sentito che c'è un'iniziazione che devo attraversare."

Catherine sorrise.

"Hai sentito la cosa giusta."

"Puoi almeno darmi un'idea di cosa accadrà?" Chiese Julia timidamente.

"Temo di no, tesoro. Ma non preoccuparti. Sei in buone mani."

"Lo spero. Dio, questo è un po 'spaventoso."

"Allora perché sei qui?" Chiese Catherine senza mezzi termini. "Qual è la vera ragione? Deve essere qualcosa di più della semplice curiosità professionale. Ammettilo, sei una puttana segreta."

"Non sono una puttana."

"Allora forse dovrei chiedere all'autista di girare questa macchina e riportarla nel tuo appartamento.

"Aspetta," rispose Julia in fretta. "Sono qui perché mi piace quello che fai. Penso che sia eccitante. Voglio continuare a guardarti."

"Hai qualche fantasia di unirti? Hai mai pensato di essere sculacciato, costretto a indossare una cintura con te in uno dei tuoi buchi stretti?"

"Sì, certamente."

Un sorriso malizioso apparve sul viso di Catherine.

"Certo. Sapevo che avevi il potenziale di sottomissione dal giorno in cui sono entrato nel tuo studio. Di solito sono le ragazze tranquille che diventano le troie più grandi"

"Non sono una puttana."

"L'iniziazione dovrebbe occuparsene. Ricorda, nessuno ti obbliga a essere qui. Puoi andare quando vuoi."

Un brivido di paura ed eccitazione fu inviato lungo la schiena di Julia.

Si chiese a cosa si riferisse Catherine, ma Catherine semplicemente girò la testa con un lieve sorriso e guardò fuori dal finestrino della macchina.

QUARTA PARTE
Dolore e piacere

CAPITOLO 12

Furono aperti cancelli di sicurezza e fu permesso all'auto di entrare nella grande proprietà.

L'auto si fermò davanti a un palazzo e le due donne ne uscirono.

"Qui è dove indossiamo le nostre maschere", ha detto Catherine. "E togliti il cappotto. È ora di sfoggiare quel bel corpo che hai."

Julia si tolse il cappotto e lo gettò in macchina.

Una leggera brezza di vento gli ricordava quanto fosse vulnerabile.

Sentì lo spazio tra le gambe formicolare con l'aria fredda.

I suoi capezzoli rosa si irrigidirono per un secondo giro di brezza.

Julia chiuse forte le gambe in un debole tentativo di coprire la sua femminilità.

Entrambe le donne indossano le loro maschere d'oro.

Julia prese la macchina e afferrò la sua macchina fotografica.

Chiusero le porte e l'auto si allontanò.

L'ingresso alla dimora era sorvegliato da due uomini robusti.

Indossavano anche maschere e rimasero in silenzio mentre le due donne si avvicinavano a loro.

"Password, per favore", ha chiesto una delle guardie di sicurezza mascherate.

"Asciugamano", rispose Catherine.

"Le signore possono procedere."

La guardia aprì la porta ed entrarono nella villa.

Julia si meravigliò della stranezza dell'edificio.

Sembrava che fosse stato costruito per una famiglia reale.

Dipinti, decorazioni e oggetti da collezione erano esposti sulle pareti.

L'ingresso attraverso il quale entravano era coperto da un grande tappeto rosso.

Attraversarono una grande sala.

"Devi aspettare un po 'nella stanza degli ospiti" disse Catherine. "Qualcuno ti cercherà a breve."

Julia fece un respiro profondo.

"Va bene."

"Starai bene. Calmati."

"Puoi dirmi cosa succederà?" Chiese Julia. "Sarei meno nervoso se lo sapessi."

"No. Aspetta nella stanza finché qualcuno non verrà per te. Tieni la maschera e lascia lì la fotocamera. Ci sarà un sacco di tempo per scattare foto in seguito."

Catherine aprì la porta e fece segno a Julia di entrare nella stanza.

La stanza degli ospiti era semplice, con alcuni mobili in legno.

Julia fece un respiro profondo ed entrò.

CAPITOLO 13

Ha perso la cognizione del tempo che aspettava.

Non si tolse mai la maschera.

Dopo essersi annoiato seduto e aspettando, Julia si fermò davanti a uno specchio e si guardò.

La maschera era affascinante.

E non riusciva a smettere di pensare a come i suoi capezzoli rosa e la sua vagina fossero visibili attraverso il tessuto sottile del vestito.

Si è messa in discussione se stessa e le sue ragioni per esserci.

Prima che potessi pensare di più, bussarono alla porta.

Entrò una donna, completamente nuda, vestita solo con una maschera d'oro.

"Seguimi", disse la donna nuda con voce sommessa.

Julia la seguì fuori dalla stanza e scesero per il corridoio.

Si era fatto più scuro.

Molte luci erano state spente e c'erano molte candele accese in tutte le direzioni.

C'era un gruppo di persone mascherate in piedi nel corridoio.

Alcuni erano nudi, altri indossavano abiti.

Indossavano tutti delle maschere.

Si fermarono in cerchio, con Catherine al centro.

Catherine era completamente nuda ad eccezione della maschera.

Era la prima volta che Julia vedeva il corpo completamente nudo di Catherine.

Julia ammirava la sua figura tonica e le sue curve voluttuose con grandi capezzoli marroni.

Julia fu condotta al centro del cerchio, in piedi direttamente di fronte a Catherine.

Gli altri ospiti mascherati nella stanza rimasero in silenzio.

"Benvenuta Julia," disse Catherine. "Il comitato ha deciso di ammetterla nel nostro Club privato. Non è stata una decisione facile, ma la qualità del suo lavoro e la sua discrezione sono ciò che le ha permesso di entrare. Tuttavia, ci sono condizioni per questa accettazione, ti piacerebbe sapere quali sono?

"Sì," Julia annuì nervosamente.

"In primo luogo, devi provare sottomissione sessuale affinché il gruppo possa vederlo. In secondo luogo, devo indossare quindici fermagli sul tuo corpo durante il processo. Infine, devi avere orgasmi almeno due volte nell'ora successiva. Tutte le condizioni sono obbligatorio. Puoi accettare o partire. "

Julia fece un respiro profondo.

"Sono d'accordo."

"Dicci perché accetti. Perché vuoi che ti compiano atti così dolorosi e degradanti? Sei una ragazza dolcissima."

Julia ci pensò un momento.

"Guardare le sue sessioni negli ultimi due mesi mi ha aperto gli occhi su qualcosa di nuovo. Voglio continuare a far parte di questo."

"Anche se ciò significa dover passare attraverso questa iniziazione?" Chiese Catherine.

"Sì."

"E che cosa ti rende?"

"In una puttana".

Catherine annuì.

"Togliti il vestito. Mostraci il tuo bel corpo."

C'era un brivido lungo la schiena di Julia.

Nonostante le maschere, Julia poteva sentire tutti gli occhi nella stanza in attesa in anticipo.

Fece scivolare in piedi l'abito trasparente ed era completamente nuda.

Resistette all'impulso di incrociare le gambe e lasciò che il suo cavallo ben rasato rimanesse scoperto.

Resistette anche alla tentazione di coprirsi il seno piccolo e permise ai suoi capezzoli rosa di sporgere.

Catherine si fece avanti e si trovò a pochi centimetri da Julia.

Allungò una mano e toccò il piccolo petto di Julia, accarezzandolo delicatamente con la mano.

Fece il giro del capezzolo rosa con un dito, poi lo pizzicò forte.

"Ohh ..." ansimò Julia.

"Ti sto facendo del male?"

"Un po."

"Ci fermiamo allora?"

Julia sapeva che le era stato dato un ultimatum sottile.

"No. Per favore, non fermarti."

Catherine pizzicò ancora di più il capezzolo, facendo sussultare Julia.

"All'inizio potrebbe non piacerti. Ma tu ..."

Una donna nuda mascherata si avvicinò a loro tenendo un cuscino con una piccola pila di mollette.

Catherine prese una delle clip, la aprì e la mise sul capezzolo di Julia.

Lentamente permise alla clip di spremere il capezzolo, a poco a poco.

Catherine lasciò andare la fascetta che le stringeva forte il capezzolo, facendola gonfiare.

"Fa molto male", disse Julia con calma disperazione.

"Vuoi smettere? Le condizioni non sono negoziabili."

"Per quanto tempo rimarrà la clip?"

"Fino a quando non raggiungerai l'orgasmo due volte stasera. Posso accelerare le cose se vuoi. Sarebbe più facile per un principiante come te."

"Per favore..."

Catherine prese un'altra molletta e la usò spietatamente sull'altro capezzolo di Julia.

"Ahhh ..." urlò Julia.

"Finora sono due clip. Tredici rimasti."

"Dove li metterai?" Chiese Julia quasi spaventata.

Catherine si sporse in avanti e sussurrò all'orecchio di Julia.

"Che ne dici delle tue labbra vaginali? Questo è il posto tradizionale per una donna. Vuoi smettere di soffrire o unirti al nostro club?"

Era il punto di non ritorno.

Julia si decise in un momento, anche quando i suoi capezzoli le facevano molto male.

I suoi capezzoli invece del rosa stavano diventando di un rosso intenso.

"Mi rifiuto di smettere."

"Quindi sdraiati sulla schiena. E allarga le gambe."

Julia era distesa sulla schiena sul pavimento di moquette, le gambe spalancate.

La sua femminilità era completamente esposta, in attesa del dolore delle mollette.

Catherine si inginocchiò e si prese il tempo di esaminare la figa di fronte a lei.

Lo studiò e lo ammirò.

Catherine prese una molletta, la aprì e sollevò il lato sinistro delle labbra di Julia.

"Questo può ferire un po '", ha detto Catherine. "Sei una donna adulta. Quindi comportati come una."

Con quelle parole di cautela, Catherine liberò crudelmente il fermaglio, stringendo improvvisamente le labbra, facendo urlare Julia.

Catherine sorrise e prese un'altra clip, questa volta, rilasciandola delicatamente sulle labbra.

La pressione della seconda clip ha fatto cambiare forma alle labbra.

Catherine continuò il processo finché la parte sinistra delle labbra di Julia non fu coperta di mollette.

"Come si sente la tua figa?" Chiese Catherine.

Julia appoggiò la testa sul tappeto e lottò con il dolore dei suoi capezzoli e delle labbra schiacciati dalle mollette dei suoi vestiti.

"Mi fa molto male".

"Ciò dimostra che sei umano. Sono orgoglioso di te per aver durato così a lungo. La tua iniziazione è più dura della maggior parte perché la tua esperienza finanziaria non è la stessa della nostra e non hai precedenti di schiavitù."

"Capisco."

"Buona cagna. La parte difficile è quasi finita."

Catherine prese un'altra clip di vestiti, questa volta posizionandola delicatamente sulle labbra giuste di Julia.

Julia non indietreggiò e gemette.

Si era già abituata al dolore nelle sue sensibili aree sessuali.

Il modello è continuato fino a quando tutte le clip sono state utilizzate sulla figa di Julia.

La vagina, una volta carina e attraente, si era improvvisamente deformata.

Le labbra vaginali si estendevano in diverse direzioni come l'argilla.

Catherine guardò nella figa rosa di Julia e vide che era bagnata.

"Sei pronto per il tuo primo orgasmo" disse Catherine. "Non è così?"

"Sono."

Catherine frustò il centro della figa di Julia senza preavviso.

Lo shock fece urlare Julia in una rara combinazione di dolore e piacere.

Le sculacciate nella figa di Julia continuarono fino a quando le punte delle dita di Catherine furono coperte di fluidi vaginali.

"Ti stai bagnando fradicio, cara" disse Catherine. "Penso che tu sia pronto."

Detto questo, Catherine ha inserito due dita nella sua figa e ha usato le dita dell'altra mano per giocare con il clitoride di Julia.

È stata una combinazione potente.

Le sue dita erano abili nel soddisfare sessualmente le altre donne.

Con le dita veniva lavorato in modo particolare e abile.

Julia gemette di piacere.

Non le importava più del gruppo di persone mascherate che la guardavano.

A quel punto, tutto ciò a cui riuscì a pensare fu la sensazione di bruciore nella sua figa e nei capezzoli.

Le dita continuarono il lavoro frenetico.

Catherine andava sempre più veloce con più intensità.

Il corpo di Julia tremò.

Lei gemette.

Catherine sentì che Julia era sull'orlo del suo primo orgasmo, quindi lavorò ancora di più, toccando la sua figa calda.

Julia si contorse, gemette e la sua schiena si inarcò.

Julia emise un forte grido e le sue dita si arricciarono, poi il suo corpo si rilassò.

"Questo è il primo orgasmo finora," sorrise Catherine, guardandosi le dita coperte di succo di figa. "Ora è il momento dell'orgasmo numero due. Ma questo sarà un po 'più difficile. Puoi lasciarlo cadere quando vuoi. Pronto?"

"Sì."

Catherine schioccò le dita e arrivarono due donne nude mascherate e avvolse cinghie di cuoio attorno alle mani e alle caviglie di Julia.

Guidarono Julia in giro, in modo che fosse in ginocchio.

Allungarono le mani e le caviglie di Julia e le agganciarono ai ganci sul pavimento.

Julia era a faccia in giù, completamente legata e indifesa.

"Il tuo test finale è di diciotto centimetri sul sedere. Non preoccuparti gattino, userò molta lubrificazione per te."

Gli occhi di Julia si spalancarono.

Le cinghie di schiavitù sui polsi e sulle caviglie erano strette e non aveva nessun posto dove andare, a meno che non decidesse di smettere, il che avrebbe definitivamente posto fine al suo rapporto con Catherine.

Si rifiutò di arrendersi, anche quando sentì le dita di Catherine che gli si spingevano dietro.

Le dita erano coperte di una lubrificazione densa.

Le dita sondarono il suo piccolo ano il più lontano possibile.

Catherine non è stata molto gentile.

Per lei erano solo affari.

Quindi Julia ha semplicemente messo la sua faccia mascherata a terra e ha accettato la penetrazione del dito nel culo.

"Indosserò la cinghia con il pene che mi hai visto indossare così tante volte sui miei sottomessi" disse Catherine, sporgendosi sul corpo di Julia. "All'inizio sarò lento, ma spero che manterrai il mio ritmo più tardi."

A quel tempo, Julia aveva ricordi di tutti gli uomini mascherati che erano stati inculati analmente dalla varietà di cinture diverse di Catherine.

Julia aveva immaginato di essere nel ruolo di sottomessa tante volte prima.

Ma non aveva mai immaginato cosa le sarebbe successo davvero.

La punta dell'imbracatura premette contro l'ano di Julia.

Catherine usò le mani per separare le natiche di Julia, permettendo all'oggetto sessuale di penetrare nel piccolo buco.

Julia gemette forte mentre l'oggetto entrava nel suo corpo.

Lentamente si fece strada nel suo retto.

Chiuse forte le mani e serrò i denti.

Quando l'oggetto continuò il lento viaggio nel culo, aprì la bocca ed emise un gemito.

Continuò fino a quando il cavallo di Catherine le premette contro il sedere.

"Ragazza coraggiosa," disse Catherine all'orecchio di Julia. "La maggior parte delle persone avrebbe già smesso. Non tu. Hai quasi finito. Ti sentirai bene in un momento."

Catherine si ritirò lentamente dal retto di Julia, quindi diede una leggera spinta, spingendolo ancora una volta dentro.

Ha usato il ritmo lentamente in accordo con la tensione di Julia.

Ogni spinta faceva gemere Julia.

Julia si guardò attorno mentre veniva sodomizzata.

Gli ospiti mascherati rimasero in silenzio a guardare lo spettacolo.

Si chiese cosa avrebbero pensato di lei.

Si chiese se fossero eccitati.

Si chiese se anche loro volessero entrare nel suo culo.

La spinta dentro il culo di Julia continuò.

Il dolore è stato presto raggiunto dal piacere.

I suoi capezzoli e la sua figa fanno ancora molto male dalle clip sui suoi vestiti.

Il dolore ha continuato a crescere, ma il piacere ha anche creduto con uguale o maggiore intensità.

Il suo ano era ancora dolorante per il giocattolo del sesso da sei pollici e non era completamente abituato.

Ma dentro di lei cresceva uno strano piacere.

Essere scopati analmente per essere visto da tutti è stato emozionante.

È stato sensazionale.

Le spinte sono diventate più veloci e profonde.

Catherine mostrò meno misericordia e meno tenerezza, e cominciò davvero ad essere dura con Julia.

Julia veniva trattata come una qualsiasi delle sottomesse di Catherine, il che era un complimento per Julia.

Significava che Catherine sapeva che Julia era abbastanza forte e dignitosa da ricevere una punizione anale.

"Sento il tuo orgasmo avvicinarsi", disse Catherine, mentre spingeva. "Vieni per me, cara. Fallo e unisciti al nostro club."

"Ci sto provando," ansimò Julia.

"Forse questo ti aiuterà, gattino."

Catherine allungò la mano e iniziò a giocare con il clitoride di Julia, mentre la sodomizzava.

La sessualità di Julia veniva assalita da tutte le parti.

I suoi capezzoli le facevano male.

Gli dolevano le labbra.

Il suo ano e il retto venivano picchiati spietatamente.

Ora il suo clitoride sensibile veniva massaggiato.

"Oh mio Dio!!!" Julia gemette.

La schiena della giovane donna si inarcò violentemente e le sue mani e i suoi piedi si serrarono con tutte le sue forze.

I fluidi si riversarono dalla sua figa e coprirono il pavimento.

Per la seconda volta, corse di nuovo davanti a tutti.

"Congratulazioni," disse Catherine, massaggiandosi i capelli. "Ora sei un membro del nostro club."

Catherine estrasse lentamente il giocattolo del sesso dal sedere di Julia e si alzò in piedi.

Guardò Julia sul pavimento.

Julia era sfinita sessualmente al momento e lentamente tornò a se stessa.

Le altre donne mascherate vennero a sciogliere Julia, rimuovendo le fascette dai suoi capezzoli e dalla figa.

Julia si alzò e gli altri ospiti mascherati nella stanza applaudirono il loro nuovo membro.

EPILOGO

Sei mesi dopo.

Julia indossava un bellissimo vestito mentre aspettava nell'ascensore.

Aveva in mano una grande busta gialla.

Una volta raggiunto il suo appartamento, ha salutato la segretaria con un sorriso familiare.

Quindi entrò nell'ufficio di Catherine.

Sono state scambiate battute e Catherine ha aperto la busta per guardare le immagini appena rivelate mentre si sedevano entrambi.

"Hai superato te stesso", disse Catherine, guardando le foto. "Lavoro squisito. Gli angoli della telecamera, l'illuminazione, il tempo. Questi sono perfetti. I nostri amici del club li adoreranno."

"Grazie. Spero che ti piacciano."

"È un peccato che queste immagini debbano rimanere private. Il tuo talento di fotografo dovrebbe essere riconosciuto da molte più persone."

"Il tuo riconoscimento è sufficiente" disse Julia coraggiosamente.

Catherine sorrise.

"Che ragazza dolce."

"Ho visto il mio assegno posto sulla scrivania della segretaria. Sono sicuro che si tratta di un altro generoso pagamento, per il quale sono molto grato. Ma oggi mi aspettavo qualcosa di un po 'più ... extra ..."

Catherine si chinò nel suo ufficio per togliersi le mutandine da sotto la gonna.

"Molto bene. Hai trenta minuti prima del mio prossimo incontro."

"Grazie."

Julia si avvicinò alla scrivania in modo informale.

Cercò di nascondere la sua impazienza, ma entrambi sapevano come si sentiva davvero Julia.

Catherine allargò le gambe e vide Julia cadere in ginocchio.

Il limite era di trenta minuti, quindi Julia non perse tempo e cominciò a mangiare la figa della sua Padrona Dominante fino a raggiungere il punto dell'orgasmo.

FINE

FANTASIA BDSM

CAPITOLO I

"Ora sei davvero nei guai."

Sbuffai piano.

Era un suono molto poco femminile, ma per il momento, l'unica cosa a cui riusciva a pensare era cosa sarebbe successo dopo.

Avevo davvero letto le righe tra tutte le nostre e-mail?

Dalle chat online?

Delle telefonate notturne?

Forse avrebbe dovuto essere più sottile.

È quello che dicono tutte le riviste, giusto?

I ragazzi hanno bisogno che io dica loro cosa fare.

Rilassati, Debbie.

Il sussurro contro il mio orecchio mi fece saltare.

"È facile per te dirlo, Harry."

"Shh. Torno."

Feci un respiro profondo e lentamente lo soffiai, leccandomi le labbra secche.

Aveva il controllo solo per un'ora?

O almeno l'opzione di andarsene?

L'ho sentito muoversi per la stanza, la TV si è riaccesa ... rendendosi conto che stava aspettando che mi mettessi comodo.

Chiusi gli occhi, non importava, dato che non riuscivo comunque a vedere attraverso la benda, e ci avevo pensato proprio questa sera prima ...

CAPITOLO II

Sollevai il cellulare ed espirai.

Il mio dito passò sopra il pulsante INVIA, i miei occhi incollati alle due parole sullo schermo: sono QUI.

Feci un respiro profondo e suggellai il mio destino, pregando che i miei nervi si calmassero, che non mi sentissi più nausea.

Non si poteva tornare indietro ora.

Il suono di una sciacquone soffocò il suono di un telefono vicino.

Un attimo dopo, la porta davanti a me si aprì e i miei nervi si ingrandirono.

"Resterai lì tutta la notte?" Disse con calma.

La voce profonda proveniva dalla porta illuminata.

Harry

Non ho più dovuto chiudere gli occhi per immaginarlo.

Le sue spalle larghe sporgevano un piede sopra di me, avvolte in una camicia abbottonata con le maniche arrotolate ai gomiti.

I suoi occhi di ossidiana guardarono i miei con uno sguardo luminoso.

Le sue grandi mani afferrano la cornice e la porta mentre si sporge in fondo al corridoio verso di me.

Il nostro ultimo e primo incontro si era tenuto in una danza a tema gangster e cabaret una settimana prima.

Il mio terreno, i miei amici, la mia zona di comfort.

Era stato facile innamorarsi del suo fascino, il modo in cui mi abbracciava quando ballavamo lentamente.

Il modo in cui ha rovesciato il cappello in feltro nel parcheggio prima di baciarmi leggermente, le sue dita mi toccavano a malapena la guancia.

Il modo in cui mi aveva sussurrato all'orecchio che la mia decisione di vestire il gangster lo aveva eccitato.

Le mie ginocchia si piegarono mentre premeva contro il mio fianco, mostrando la sua eccitazione.

Ci sono volute tutte le mie forze che posso attingere da me stesso per i prossimi sette giorni, specialmente al lavoro.

Le nostre chat su internet e telefoniche a tarda notte non hanno aiutato.

Allora perché ero così spaventato?

Mi stavo arrendendo al momento in cui avevo fantasticato per tutto questo tempo ...

"Debbie?" Aprì la porta e uscì nel corridoio, con gli angoli della bocca verso il basso. "Sei bravo?"

Ho fatto un passo indietro contro il muro, tenendo la mia borsa da sera dietro la spalla.

È un errore.

Non avrei dovuto venire.

Cosa stavo pensando?

Aspetta, non stavo pensando.

Me ...

Le sue dita mi sfiorarono la guancia mentre mi sollevava il mento.

"Okay. Non aver paura."

"Chi sono io?" La mia voce sembrava tremante e per nulla sicura, sebbene sorridessi.

Il suo cipiglio si fece più intenso.

Preoccupazione e delusione mostrate nei suoi occhi scuri.

"Non vuoi farlo?"

"Sì. Starò bene."

Mi allontanai dal muro, marciando verso la tana del leone.

La porta si chiuse sbattendo alle mie spalle, facendomi saltare mentre scrutavo i dintorni.

Era una camera d'albergo standard con una vasca idromassaggio a sinistra, un bar lavanderia in un'alcova a destra e una suite a vista aperta con due lampade e un orologio digitale su tavolini che fiancheggiavano il letto solitario.

Un divano, un tavolo, due sedie e una cassettiera bassa con una televisione fissata sopra i mobili.

Uncool.

Ma poi, non è stata un'occasione speciale.

Bene, non uno per cui affitteresti una camera d'albergo di lusso, come per una luna di miele.

Un lieve sbuffo sfuggì al mio ultimo pensiero.

No, niente di importante come quello.

Ci fu un tiro sul braccio e sbattei le palpebre.

I miei occhi si sollevarono per incontrare i suoi, e il suo sorriso dolce allentò un po 'la tensione.

"Lasciami prendere la borsa."

Allentai la presa sul cinturino, guardandolo mentre posizionava la sacca da viaggio sul comò sotto lo schermo TV illuminato ma silenzioso.

Ha premuto un pulsante sul telecomando e lo schermo è diventato nero.

Ora eravamo davvero solo noi due.

I piccoli suoni ora sembravano amplificati.

Il fischio sommesso del climatizzatore.

Il ronzio della luce sopra le nostre teste.

Rumore di ghiaccio nella macchina appena fuori dalla stanza.

Il gorgoglio dell'acqua nella vasca idromassaggio ad angolo accanto al letto.

Bene, forse dopo tutto non è una camera d'albergo così standard.

Il cuore mi batteva nelle orecchie.

Ho cercato di mantenere il respiro regolare, ho cercato di concentrarmi sull'intera situazione.

In quello che stavo facendo.

Sul perché lo stavo facendo.

Un lieve gemito mi sfuggì quando pensai al possibile risultato finale e qualcosa si strinse nelle mie viscere.

Debbie, siediti.

Mi prese la mano e mi guidò a letto.

La mia pelle formicolava dal contatto.

Le mie ginocchia si piegarono automaticamente e poi mi riposai sul bordo.

La mia bassa statura mi ha reso difficile sedermi ed essere ancora in grado di toccare il tappeto.

"Sei bellissima stasera."

Sbattei le palpebre e inclinai la testa verso di lui.

Nessuno mi aveva mai chiamato bello tranne i miei genitori.

I suoi occhi si concentrarono sull'abito che aveva scelto per la palla di stasera, una gonna di seta rossa con una stampa rosa e un corpetto nero senza maniche che offriva un'ampia scollatura.

Era uno dei miei preferiti, soprattutto perché mi sentivo bella, nonostante il mio piccolo corpo.

Un sorriso disegnò le mie labbra, felice che gli sarebbe piaciuto anche a lui.

"Io-mi dispiace. Sono solo un po '..."

"Va bene lo capisco". Si sedette accanto a me, tenendo ancora la mia mano.

Per diversi minuti, l'unico rumore che abbiamo fatto è stato il nostro respiro, il suo normale, il mio ha vacillato.

Come puoi essere così calmo?

Ho tenuto lo sguardo in grembo, deglutendo pesantemente come quando le vagavo in grembo ... Ho visto il leggero nodulo lì.

Di tanto in tanto mi stringeva la mano.

Alla fine, quando mi sentii calmo, alzai gli occhi sul suo viso.

Mi stava guardando.

Gli angoli della sua bocca erano ora alzati.

"Ti bacerò, okay?"

Ho inclinato il mento in risposta, e poi la sua mano mi ha stretto la mascella, avvicinandomi.

I miei occhi si chiusero quando le sue labbra calde toccarono le mie.

All'inizio si toccarono leggermente e poi mi strinsero più forte.

Gli strinsi la mano, aspirando aria, piccole urla di sorpresa mi giunsero alle orecchie.

La sua mano scivolò sulla parte posteriore della mia testa, le sue dita sepolte tra le ciocche dei miei capelli.

Quando la sua lingua mi tirò la bocca, io rabbrividii.

Quando mi morse il labbro inferiore, ansimai.

E quando la sua lingua scivolò dentro, scuotendomi la lingua, gemetti.

Harry continuò a stringermi la bocca con la sua fino a quando le nostre lingue ballarono, assaporando, e i miei gemiti diventarono più frequenti.

Prese la mia mano dalla mia e rilasciò la clip che conteneva le mie increspature marroni.

Le dolci onde mi caddero sulle spalle, sussurrandomi contro le orecchie e le guance prima di allontanarle per poter tenere la testa più ferma.

La mia mano trovò la sua coscia e la strinse, provocando un gemito da parte sua.

I nostri corpi si girarono l'uno contro l'altro, i nervi si allentarono mentre mi aiutava a scivolare sulla trapunta.

Quando mi sono appoggiato all'indietro contro i cuscini, ho sospirato e l'aspettativa ha sostituito l'ansia nei muscoli tesi.

Le sue dita mi accarezzarono le guance, la fronte e il collo, torcendomi attraverso le trecce mentre muoveva la bocca contro la mia.

Era gentile ma fermo.

In controllo, ma neanche di fretta.

Le mie dita si sollevarono per tracciare i contorni del suo collo, attraverso la leggera barba sulla sua mascella, fino ai suoi capelli mossi, tenendo la testa.

Quando le sue dita scivolarono sulla mia spalla, sopra l'ampia cinghia del corpetto del mio vestito e mi sfiorarono il braccio nudo, trattenni il respiro nella mia bocca.

Anche attraverso il vestito e il reggiseno, poteva sentire il calore del suo tocco.

Desideravo ardentemente che mi prendesse il petto, per alleviare la pressione che avevo provato da quando ci eravamo conosciuti.

Era così vicino, ma sembrava evitare di proposito quella zona.

"Hai un sapore così buono." La sua bocca coprì ancora una volta la mia prima di spostarmi sul mento, sulla mascella e dietro l'orecchio prima di sistemarmi nella curva del mio collo.

Il suo naso mi ha accarezzato, la sua lingua mi lecca la carne.

Feci un respiro profondo e rilasciai lentamente l'aria con un gemito.

"Hai un odore incredibile."

Sibilai, la pelle mi formicolò quando la devastò.

"Per favore, non fermarti. Hmm."

"Non ho intenzione di farlo." La sua voce sembrava ovattata mentre succhiava delicatamente, rosicchiando e poi leccando con i dolori acuti che ne derivavano.

Gli afferrai le braccia, ancorandomi a lui.

Il suo corpo caldo premette contro il mio fianco, accendendo scintille sotto la mia pelle.

Volevo metterlo sopra di me, ma non avevo l'energia.

O il coraggio di prendere l'iniziativa.

La sua bocca fece atterrare baci di farfalla sulla mia spalla e sulla mia gola.

Quando si è ritirato, ho aperto gli occhi.

I suoi occhi erano fissi, ma non sul mio viso.

Continuai per la sua strada e rimasi senza fiato quando vidi l'oggetto della sua concentrazione: il rapido aumento e la caduta del mio seno che spingevano contro i limiti della scollatura del vestito.

Il mio sguardo tornò sul suo viso appena in tempo per vederlo leccarsi le labbra.

"Se vuoi che mi fermi, ora sarebbe il momento ..."

"No no no". Strinsi gli occhi e un brivido mi attraversò pensando che tutto potesse finire così in fretta.

La sua unica risposta fu una dolce risata, e poi le sue labbra mi sfiorarono di nuovo la gola.

Lentamente e metodicamente, hanno coperto ogni centimetro di pelle.

A volte la lingua gli si apriva, facendomi rabbrividire.

Il mio respiro si fermò più volte mentre mi spostavo più in basso.

Quando le sue labbra accarezzarono il gonfiore sul petto, mi afferrai la gonna, il mio corpo si inarcava di mia spontanea volontà.

La parte piatta della sua lingua accarezzò il bordo sopra il mio reggiseno di raso nero e la sensazione di calore umido mi bruciò.

Si mosse, mise un braccio sul mio addome e girò la testa.

Il mio naso è sepolto tra i suoi capelli.

Puzzava un po 'come una fresca lozione dopo il lavaggio e espirai con un sospiro.

La mia concentrazione si spostò quando sentii il suo dito strisciare lungo la curva della mia scollatura, precipitando nello spazio tra i miei seni prima di scivolare sotto il bordo del reggiseno.

La sua lingua seguì e un gemito si levò dal fondo della mia gola.

I miei capezzoli erano così duri che mi facevano male.

Se solo ...

Il mio corpo si contorse, spingendolo a scendere un po 'più in basso, dove volevo.

Dove ne avevo bisogno.

Quando ho spostato la mia mano, cercando letteralmente di prendere le cose tra le mie mani per alleviare il dolore, si è mosso di nuovo e mi ha afferrato il braccio, sollevandolo sopra la mia testa.

Si alzò abbastanza da liberare il mio braccio sinistro da sotto di lui e lo collegò al mio braccio destro.

Tenendo entrambi i polsi con la mano destra, abbassò di nuovo la bocca sul mio petto e continuò ad adorare la mia pelle ora in fiamme.

"Per favore ... oh, per favore, Harry ..." mormorai oltre i lamenti che mi tirò fuori.

"Che cosa vuoi, Deb?" Il suo respiro sfondò la barriera del reggiseno e mi fece soffrire ancora di più. "Dimmi quello che vuoi."

"Oh ..." La mia mente era offuscata e improvvisamente mi sentii di nuovo in imbarazzo.

Perché non riesci a capire cosa ti sto chiedendo?

"Questo potrebbe essere?" Le sue dita mi sfiorarono il fondo del petto e io gemetti. "Sì, penso che sia quello che vuoi."

Scherzò di nuovo e alla fine la sua mano mi prese per il petto, stringendomi dolcemente.

Il suo pollice sfiorò il capezzolo.

Anche attraverso il materiale del reggiseno, ha inviato onde d'urto attraverso tutto il mio corpo.

"Oh Dio!"

I miei occhi si spalancarono e trattenni il respiro, fissando il soffitto, ma non vedendo nulla, godendomi il fatto che alla fine mi avesse toccato dove avevo bisogno di lui.

Rimasi senza fiato quando sollevò la sua mano e fece scivolare un dito sotto il bordo del mio reggiseno e me lo passò sopra e ancora direttamente sul capezzolo.

Il calore si precipitò e si accumulò tra le mie gambe.

Il mondo si è calmato.

Le sue labbra mi sfiorarono l'orecchio, il suo respiro bruciava e mi faceva ancora rabbrividire.

Il respiro mi si bloccò in gola mentre la sua mano scivolava più in profondità nel mio reggiseno per avvolgermi completamente.

Sentii la sua pelle un po 'ruvida mentre mi impastava il petto, facendo rotolare il mio capezzolo tra il pollice e le altre dita.

Mi voltai verso di lui, la mia bocca cercava la sua.

Gemette, premette le sue labbra sulle mie e mi spinse di nuovo sulla schiena.

Mi sono mosso sotto di lui, facendo eco al suo gemito mentre la sua lingua scorreva sulla mia bocca e giocava con la mia lingua.

Mi strinse ancora una volta il petto e poi ritirò la mano.

Lasciò il mio polso sinistro, mi fece scivolare una mano sulla spalla e mi strinse il braccio e il reggiseno.

L'aria fredda mi sfiorò il petto ormai nudo.

Il mio capezzolo si strinse dolorosamente.

Era senza fiato, tremava, quando le sue dita scivolarono lungo il mio braccio e lentamente lo sollevarono di nuovo sulla mia testa.

Quando l'ho sentito legare qualcosa al mio polso, ho fatto uno scatto automatico.

"Harry?"

"Sì, Debbie?" È venuto a baciarmi sul braccio e sul petto, succhiandomi il capezzolo in bocca.

"Oh!" Dimenticavo quello che gli avrei chiesto, i miei nervi si schiarirono con quella semplice azione e mi inarcai contro di lui.

Ridacchiò, stuzzicandomi il capezzolo con la lingua mentre si arrampicava su di me e mi liberava l'altro polso.

Quando ha scoperto il mio seno destro, ha spostato la sua bocca da quel lato mentre mi ha messo di nuovo la mano sulla testa.

Feci fatica a deglutire, guardandolo legare il mio polso destro.

"Sei così sexy". I suoi occhi erano luminosi mentre si sedeva accanto a me, guardando il mio petto nudo, il mio vestito e il reggiseno appena sotto il mio busto.

Mi tirai delicatamente i polsi e ingoiai la tensione.

C'era abbastanza gioco per rilassare le braccia contro i cuscini, ma non abbastanza da potermi sciogliere se volevo.

"Non pensavo che avresti ricordato."

Che cosa era successo alla mia voce?

Sembrava molto rauco.

"Oh, mi ricordo. Ricordo tutto."

Quel sorriso pigro, quel tono profondo, quell'improvviso sguardo scuro nei suoi occhi mi fece battere il cuore.

La mia mente corse a ricordare tutto ciò di cui avevamo discusso ... e mi chiedevo se avevo dimenticato di menzionare qualcosa.

Ma ho perso la concentrazione quando mi ha raggiunto sotto la schiena, ho slacciato le mollette sul reggiseno e ho fatto scivolare via la cerniera dal mio vestito.

Ho tenuto gli occhi su di lui, vedendo un apparente fascino nei suoi occhi mentre mi scuoteva il vestito, rivelando sempre più il mio corpo nudo.

Trattenne il respiro quando rivelò le mie mutandine di raso nero.

Mi avvicinai a lui e lui si fermò, afferrandomi per i fianchi e facendo scorrere i pollici avanti e indietro sulla mia pelle coperta.

Riprendendo la mia nudità, il raso sulla mia gonna mi sfiorò le gambe nude, quindi gettò da parte il vestito.

Le sue dita scivolarono sui miei polpacci, fino alle mie ginocchia, e poi di nuovo giù per slacciarmi e togliermi i tacchi alti.

Ho avuto un'improvvisa ondata di coraggio.

Mi passai lentamente la punta della lingua lungo il labbro superiore e muovei i fianchi.

"Quindi ti piace quello che vedi?"

I suoi occhi si alzarono verso i miei e giuro di aver visto un lampo di fuoco in loro.

Non parlò, ma fece scivolare le dita sotto il bordo delle mie mutandine e le abbassò lentamente.

Ho deglutito, rendendomi conto che ero davvero preoccupato che gli piacesse quello che stava vedendo.

L'aria fredda mi sfiorò e non potei fare a meno di premere le mie cosce, gemendo e contorcendomi mentre mi guardava.

Alcune volte, alzò la mano come per toccarmi lì, ma la sua mano tornò in grembo.

Vorrei poter leggere la tua mente.

Allungò una mano nella tasca posteriore e poi si appoggiò a me, sfiorando le sue labbra contro le mie.

"Sei bravo?"

Feci un paio di respiri profondi e poi sorrisi.

"Sì sto bene."

I suoi occhi incontrarono i miei e mi sorrise.

"Bugiardo."

Le sue mani si spostarono sul mio viso.

Un panno morbido mi coprì gli occhi, bloccando la luce e assicurandomi l'elastico sopra la mia testa.

Il mio respiro si fermò.

Non potevo evitarlo.

Aveva ragione.

Una parte di me era preoccupata di essere andata troppo in profondità.

L'avevo voluto.

Ma una volta perso il controllo, i nervi sono tornati e avevo paura.

Non necessariamente Harry, ma cosa avrebbe fatto ... o non avrebbe fatto.

Sembrava averlo fatto prima.

E se non all'altezza delle tue aspettative?

CAPITOLO III

Il che ci riportò sdraiato sul letto, completamente nudo, con gli occhi bendati e le mani legate alla testiera.

Harry era seduto o in piedi in un'altra parte della stanza ad ascoltare ripetizioni di Law and Order.

Dubitavo moltissimo di guardare la televisione.

Potevo davvero sentire i suoi occhi su di me.

E non era quella sensazione imbarazzante quando sai che qualcuno ti sta guardando e si chiede perché e poi si guarda nervosamente in giro cercando di individuare il colpevole.

Invece, sentii il calore diffondermi attraverso di me, felice di trovarmi degno di essere guardato.

Passarono alcuni minuti, la serie passò a una pubblicità e, in sottofondo, sentii il chiaro clic della porta della camera d'albergo aprirsi e chiudersi.

"Harry?"

Non c'è stata risposta.

Ho cercato di non farmi prendere dal panico, ma non ho potuto fare a meno di tirare le mie restrizioni.

Non ho sentito nessun altro nella stanza, il che è stato positivo.

Ma comunque ...

I miei pensieri mi sorpassarono quando sentii riaprire la porta.

Trattenni il respiro, sentii il tintinnio di ghiaccio in un bicchiere e il sibilo di una lattina aperta.

Il calore di un altro corpo sfiorò il mio fianco destro e il letto affondò sotto il peso di qualcuno seduto.

Rimasi senza fiato mentre un palmo freddo mi sfiorava il capezzolo destro.

"Ti sono mancato?"

Emisi un respiro traballante, sollevato nel sentire la voce di Harry.

"Dimmi qualcosa la prossima volta che parti!"

"Scusa. Non volevo spaventarti."

Le sue labbra sfiorarono le mie.

Sentii l'odore della coda sul suo respiro.

Le nostre lingue flirtarono per un momento, poi si appoggiò allo schienale.

"Dovremmo iniziare?"

Sorrisi, rilassandomi contro i cuscini.

L'ho sentito posare il bicchiere e poi ha iniziato a frugare sotto la mia testa, tirando giù la trapunta e le coperte.

La mia pelle si rizzò, facendomi venire la pelle d'oca, mentre le sue mani sfioravano il mio corpo.

Ho aiutato il più possibile nella mia posizione sollevando il mio corpo.

Quando ero già disteso da solo sulle lenzuola fredde, il peso del letto cambiò di nuovo e la televisione divenne silenziosa.

"Non vedi niente, vero?"

Inclinai la testa in avanti, su entrambi i lati, e poi mi rilassai di nuovo.

"No niente."

"Allora divertiti. E non una parola."

Annuii e piegai polsi e dita.

Sapevo che mi stava guardando di nuovo e il calore si era accumulato tra le mie gambe.

Ho spostato i fianchi, le dita dei piedi e poi ho ruotato le caviglie.

Qualunque cosa per farmi distrarre.

Le mie labbra improvvisamente si seccarono e le leccai, deglutendo e trovando anche la mia bocca asciutta.

Mi sono costretto a respirare normalmente, ascoltando eventuali suggerimenti su cosa avrei potuto fare.

Il condizionatore d'aria si spense e poi sentii il suo respiro uniforme.

Ma anche così, non mi ha toccato.

Dopo qualche altro minuto, i miei muscoli si rilassarono e le gambe si allargarono leggermente.

Il suo respiro si bloccò e io sorrisi.

Mi chiedevo se ti stessi masturbando, ma sicuramente avresti sentito qualche indicazione di ciò.

Gli avrei chiesto se tutto andava bene quando l'ho sentito.

È stato un tocco molto leggero, direttamente sui miei due capezzoli.

Gemetti quando si indurirono.

La sensazione si spostò verso il basso, seguendo la curva sotto il seno e fuori ai lati.

Era decisamente una piuma, la pienezza mi sfiorava la pelle come le punte delle dita più morbide.

Si spostò sul mio addome, delineando le mie costole, circondando il mio ombelico.

I miei fianchi sobbalzarono mentre la punta sfiorava la zona inguinale dove la mia gamba si univa al mio corpo.

Rabbrividii, piangendo.

Ripeté il movimento, muovendosi sul mio fianco e lentamente indietro di nuovo, seguendo la linea del mio bacino.

Mi stavo contorcendo quando ha fatto scorrere il piano della penna sulla parte superiore della mia coscia sinistra.

La pelle d'oca si sollevò sulla schiena e allargai le gambe più larghe, usando i piedi per guadagnare forza contro il letto per sollevare.

Harry ridacchiò.

"Pazienza, Deb."

Ma ha fatto scivolare la piuma lungo l'interno della mia coscia, sotto il ginocchio e il polpaccio.

Ridacchiai quando mi solleticò la parte inferiore del piede.

È cambiato per funzionare alla mia destra.

Potevo sentire il calore del suo corpo appoggiarsi sulle mie gambe.

La piuma ha tracciato lo stesso motivo sull'altra gamba, ma all'indietro.

Dal piede al polpaccio, sotto il ginocchio e sopra la coscia, attraverso il bacino e le costole.

Inarcai la schiena e gemetti piano mentre i miei capezzoli sfioravano la manica arrotolata della sua camicia.

"Ehi, non imbrogliare!"

Ho sorriso e mi sono leccato le labbra, ma mi sono comportato e mi sono sdraiato.

Si allontanò e lo sentii muoversi sopra la mia testa.

La penna tracciava la parte inferiore del braccio destro sul polso e mi sfiorava le dita.

Ha disegnato dei cerchi sul mio palmo aperto prima di ridiscendere sul braccio.

La punta mi spazzò la spalla, lungo la clavicola e attraverso la gola.

Appoggiai la testa a sinistra contro il cuscino e sospirai mentre tracciava dei disegni sul mio collo e mi stuzzicava l'orecchio.

Quando mi fece scivolare la piuma sotto il mento, inclinai la testa dall'altro lato e sospirai di nuovo mentre ripeteva gli stessi movimenti su tutto il collo, sopra la spalla, sul braccio sinistro e sulla mano.

Mossi le dita, la penna scivolò tra di loro.

Si alzò in piedi, lasciando supplicare il mio corpo.

Le mie dita si strinsero, facendo eco alle costrizioni, profondamente dentro di me.

Mi leccai di nuovo le labbra, sentendo il cuore battere forte.

Fortunatamente, non è stato lungo.

Una nuova sensazione, immagino una sciarpa di seta, mi sfiorai la punta delle dita e abbassai entrambe le braccia allo stesso tempo.

Mi coprì il viso, scivolando lentamente lungo il naso e la bocca per coprirmi il collo.

Quando raggiunse il mio seno, mi inarcai, gemendo.

Lo strofinò avanti e indietro sui miei capezzoli doloranti.

Quindi la sciarpa mi accarezzò l'addome e i fianchi, sfiorandomi brevemente il bacino verso le cosce e i piedi.

Ripeté il procedimento al contrario, facendo attenzione a fermarsi nelle zone in cui gemeva di piacere.

E poi la sciarpa era sparita così velocemente come sembrava.

Ho sentito Harry frugare in un sacchetto di plastica, e poi era di nuovo sdraiato sul letto accanto a me.

Ci fu uno scatto che sembrava un coperchio di plastica.

Ansimai quando qualcosa di freddo mi coprì il seno sinistro.

La sua lingua leccò il mio capezzolo prima di succhiarlo in bocca.

"Ooh!" Mi sono inarcato verso di lui e lui ha obbedito, trascinandomi la lingua sul petto, stringendola con la mano a coppa.

Quando apparentemente mi ha leccato il seno sinistro, si è spostato sul mio fianco destro e ha ripetuto il processo.

Potevo sentire il calore pulsare dentro di me, implorando di essere toccato, e ho piagnucolato.

"Lo so, Deb. Lo so." Mi strinse il petto destro e allungò una mano per baciarmi, infilandomi la lingua nella bocca. "Mmm".

Ho provato il cioccolato e mi sono lamentato.

Mi baciò sul mento e sul collo, accarezzandomi la spalla.

Un freddo flusso di cioccolato mi cadde sulle labbra e io leccai affamato.

Il suo dito si premette tra le mie labbra e l'ho succhiato in profondità nella mia bocca, cancellandolo anche dal cioccolato.

Poi la freddezza mi scorreva sul mento e sulla gola.

Continuò attraverso la scollatura tra i miei seni e circondò l'ombelico.

La sua lingua e le sue labbra seguirono lentamente, facendomi tremare di eccitazione.

I materassi scricchiolarono mentre si allontanava, e poi sentii acqua corrente nel bagno.

Tornò un minuto dopo, facendo scorrere lentamente una salvietta calda sul collo, sul seno e sul ventre.

Il cambiamento di temperatura mi fece sussultare e il mio corpo si increspò.

Si sdraiò di nuovo sul mio lato sinistro, la sua mano tesa sul mio addome.

Mi ha massaggiato per un momento, la sua bocca mi ha coperto il capezzolo sinistro, mordicchiandolo e succhiandolo delicatamente.

Ho provato a chinarmi per far passare le dita tra i suoi capelli, ma le mie mani non sono riuscite a raggiungerlo, ricordandomi che era contenuto.

Mi trattenni in aria, invece, cercando di premere il mio fianco contro di lui.

La sua mano si sollevò e mi prese a coppa il petto.

Ho pianto per l'improvviso morso di un cubetto di ghiaccio che mi sfregava contro il capezzolo.

Mi allontanai, ma non c'era nessun posto dove andare.

L'acqua fredda mi gocciolava sul petto, il ghiaccio avvolgeva lentamente il mio capezzolo.

Faceva male, ma l'improvviso dolore divenne insensibilmente piacevole e sentii di nuovo aumentare il calore tra le gambe.

Piagnucolavo, cercando di allontanarmi ora, stringendo i pugni.

"Shh. Shh".

La sua mano libera mi premette di nuovo contro lo stomaco, tenendomi contro il letto mentre mi succhiava il capezzolo intorpidito, leccando l'acqua.

Si allontanò e un asciugamano caldo mi coprì il petto tremante.

Avrei dovuto essere pronto per lui a spostarmi sul seno destro, ma il cubetto di ghiaccio in lui mi sorprese ancora.

Ho urlato, e ancora una volta, gemevo e mi allontanavo, indipendentemente dai suoi tentativi di calmarmi.

Il forte dolore tornò, stringendo il mio capezzolo, intorpidendo la pelle intorno a lui.

Quando il ghiaccio si sciolse, la sua bocca leccò e aspirò l'acqua, e poi l'asciugamano mi riscaldò il petto.

La mia testa era offuscata ora.

Non riusciva a credere quanto fosse eccitata, ancor più dopo il trattamento con il ghiaccio.

Mi sentivo un po 'in colpa per aver apprezzato il breve dolore.

Il piacere risultante è stato sorprendente.

Ero contento che Harry mi avesse legato i polsi.

Era sicura che avrebbe cercato di fermarlo se avesse avuto la possibilità.

Da quanto tempo siamo qui?

I miei pensieri tornarono al presente mentre il ghiaccio scivolava tra i miei seni.

Ho urlato e inarcato.

Harry mi prese i fianchi tra le mani, tenendomi contro di lui mentre trascinava il ghiaccio su e giù al centro del mio corpo con la bocca, i miei seni che gli sfioravano le guance.

Sentii accumularmi acqua nell'ombelico, che si riversava sui fianchi.

Non pensavo che il mio corpo potesse smettere di tremare.

Quando il ghiaccio scomparve, la sua lingua lo sostituì, leccando la mia pelle ora sfrigolante sotto lo strato freddo di ghiaccio e acqua.

Le sue mani si mossero per stringermi il seno, stringendole mentre accarezzava la scollatura nel mezzo.

Mi ci è voluto un attimo per rendermi conto che era disteso tra le mie gambe.

Immediatamente le avvicinai le ginocchia ai fianchi.

Mi sentivo così bene rannicchiato contro di me dove dovevo essere toccato di più.

Sospirai, dal calore del suo duro nodo evidente attraverso i suoi pantaloni.

La sua profonda risata vibrò attraverso il mio petto.

"Okay. Ho avuto l'idea."

Mi ha rilasciato e mi ha strisciato via dalle gambe.

Mi sono lamentato dell'improvvisa assenza, ma la sua mano sul mio fianco ha calmato il mio corpo contorto.

Le sue dita si facevano strada tra i miei ricci e la mia pelle calda.

Sospirai.

Le mie gambe si allargarono di nuovo.

Una delle sue dita premette contro la mia fessura liscia, toccando brevemente il mio clitoride.

Ho fischiato, allargando le gambe più larghe.

Lentamente mi accarezzò il palmo delle mani sulle labbra esterne.

Di tanto in tanto, si bagnava il dito, trascinandolo da un'estremità all'altra, facendomi sussultare.

La sua mano si fermò, stringendo il mio tumulo e due dita premute, allungando le sue labbra gonfie.

Trattenni il respiro mentre il suo pollice circondava il mio clitoride.

E poi un dito scivolò più in basso.

Ci ha giocato, tracciando il bordo del mio buco desideroso prima di muovermi per sfiorare le pareti delle mie labbra interne.

I miei fianchi sobbalzarono, cercando di costringerlo giù e dentro di me.

La sua mano libera premette i miei fianchi sul letto, e poi mi accarezzò completamente la figa.

Il tallone della sua mano si posò sul mio osso pelvico mentre le sue prime tre dita scivolavano giù, giù per la valle e si rannicchiavano per sfiorare il mio clitoride.

E di nuovo.

È stata una sensazione squisita, che finalmente mi ha fatto toccare, allentando un po 'la pressione.

Le mie mani si strinsero, il mio corpo inarcò, lottando per liberarmi.

Ringhiai, tirando di nuovo la testa sul cuscino mentre spingeva due dita grosse dentro di me e poi succhiava il capezzolo tra i denti.

La sua mano accelerò, premendo forte e in profondità.

La tensione nella mia pancia è aumentata e ho stretto le mie cosce intorno alla sua mano, urlando.

La sua mano si fermò, ma le sue dita continuarono a muoversi, ancora sepolte tra le mie gambe.

Mi ha succhiato sul petto mentre correvo verso il mio primo climax.

Quando presi fiato dopo la corsa, se ne andò.

L'ho sentito di nuovo cercare nella borsa, e poi era disteso tra le mie gambe, allargando le mie cosce.

Il mio respiro accelerò di nuovo quando sentii qualcosa di freddo e cremoso spalmarsi sulla mia figa.

Rabbrividii e succhiai il labbro inferiore, incapace di impedire ai miei fianchi di inarcarsi verso di lui.

Le sue dita mi sfiorarono l'interno delle cosce, quindi premette con un dito, facendolo scorrere nella mia figa da cima a fondo.

Ho deglutito a fatica e ho fatto un respiro profondo solo per farmi scivolare il dito in bocca.

Le mie labbra si chiusero attorno al suo dito.

Gemetti al gusto della panna montata con un tocco dei miei succhi di frutta.

Mentre gli succhiava il dito, lo accarezzò e lo sfiorò, imitando ciò che aveva fatto prima in basso.

Non era difficile pensare a lui che lo faceva con più delle sue dita.

Stavo solo pensando al fatto che mi aveva coperto la figa con la panna montata, e molto probabilmente indovinando il perché, dalla recente esperienza del cioccolato, mi fece sussultare.

Aveva già suonato con me più volte di quanto potesse contare.

E anche se stasera avevo avuto molte nuove esperienze, non avrei mai immaginato un ragazzo che mi leccasse laggiù.

L'ho sentito seduto sul letto, senza toccarmi.

Ringhiò, lungo e basso.

Era il suono più sexy che avessi mai sentito, e non potei fare a meno di ripeterlo.

Lo strato inferiore della panna montata stava iniziando a sciogliersi e gocciolava attorno al mio clitoride.

Mi spostai, gemendo piano mentre premeva più panna montata tra le mie labbra.

Avevo già messo la crema da barba lì prima quando ho provato a radermi la figa, e la sensazione era altrettanto erotica ora, schiacciando e accarezzando la mia pelle sensibile.

"Stiamo diventando un po 'combattenti, vero?"

Emisi un suono incomprensibile di impazienza e lui rise.

Ho adorato la sua risata tanto quanto il suo ringhio sexy.

Ho faticato a deglutire, amando quello che mi stava facendo mentalmente e fisicamente, nonostante la mia frustrazione intermittente.

Harry passou os dedos sobre o meu peito esquerdo, ao longo da curva pesada abaixo, sobre as ondas suaves no topo, delineando a aréola.

Ele segurou e massageou meu peito.

Seu polegar e indicador beliscaram meu mamilo.

Mordi meu lábio para não gritar.

Ele gentilmente esfregou o caroço duro de um lado para o outro, depois apoiou a palma da mão contra ela, aliviando a dor aguda.

Sua mão deslizou pelo decote no meio e roçou no meu peito direito.

Seus dedos me tocaram novamente, eletrificando minha pele, enviando novo fogo entre as minhas pernas.

Quando ele beliscou meu mamilo, eu rolei em direção a ele, desejando que ele colocasse minha boca de volta nele.

"Muito sensível."

Sua respiração roçou minha bochecha, sua língua traçou meu queixo, e então meu desejo estava se tornando realidade.

Seus lábios se fecharam sobre o meu mamilo e chuparam suavemente a dor aguda que ele havia criado.

Eu balancei para frente e para trás, gemendo.

Agora senti o creme batido nas minhas coxas e me perguntei se havia esquecido.

Eu não queria que ele parasse de lamber meu peito, mas de repente eu o queria no chão.

Eu queria saber como é ter a língua dele me provocando lá, assim como ele estava fazendo com o meu mamilo.

Como seria ter a ponta da língua pressionada dentro de mim, seus dentes mordendo minha pele escorregadia.

Ele passou a língua sobre o meu mamilo novamente e depois deslizou pelo meu corpo, beijando e mordiscando e lambendo cada centímetro da minha pele ao longo do caminho.

Em pouco tempo, eu estava deitado entre as minhas pernas.

Ele beijou meus quadris e depois arrastou a língua pela junção entre minhas pernas e pélvis.

Ele adicionou uma nova camada de chantilly, e então seus braços envolveram minhas coxas e as separaram.

Eu gemi, meu corpo convulsionou um pouco.

Senti seu hálito quente contra meus cachos suaves.

Eu chorei quando sua língua saiu e tocou meu clitóris.

Eu abri minhas pernas e ele puxou minha boceta nua para mais perto de sua boca.

Sua língua me lambeu novamente, e eu gemi de alívio.

Seus dedos massagearam minhas coxas enquanto eu lambia mais fundo ao longo da minha boceta.

Ouvi o som suave de sua língua lambendo a mistura da minha umidade e a propagação do creme espalhado.

Sua língua estava em todo lugar, sem perder um estalo.

Foi um processo lento e tortuoso, e rezei para que não parasse tão cedo.

Eu me deixei ir, meus quadris tremendo sob sua boca.

Quando ele chupou meu clitóris, eu gritei novamente.

Quando premette la punta della lingua contro di me, gemetti.

Non ne ho mai abbastanza.

E volevo toccarlo più che mai.

Ho maledetto le mie restrizioni ... eppure hanno alzato il livello di eccitazione allo stesso tempo.

Non ho mai avuto una tale varietà di sentimenti che mi attraversavano contemporaneamente.

Sono venuto una seconda volta quando il suo dito è scivolato di nuovo dentro di me.

Mi ha accarezzato attraverso il mio orgasmo, la sua bocca ancora aderente al mio clitoride, il suo respiro caldo che si mescolava con il mio calore e la mia umidità.

Stavo scendendo dal climax quando ho sentito il cubetto di ghiaccio e ho urlato.

L'avevo spinto dentro di me e l'acqua fredda scorreva tra i miei glutei.

Le sue dita premevano, mantenendo il ghiaccio in posizione, lasciando che il mio calore lo sciogliesse.

Sentii i miei muscoli stringersi attorno alle sue dita, e lui le accarezzò lentamente dentro e fuori contemporaneamente alle mie urla.

Un altro cubetto di ghiaccio si è unito alla scena, questa volta contro il mio clitoride.

Sono caduto in un altro orgasmo, la mia testa che rotolava avanti e indietro tra le mie braccia sollevate, sentendo il ghiaccio e le sue dita accarezzarmi.

La sua bocca mi leccò di nuovo la figa mentre mi dimenavo sotto di lui.

In qualche modo, le mie dita sono riuscite ad afferrare il cuscino.

Penso di aver urlato alcune maledizioni perché Harry ridacchiò e disse qualcosa su di me come 'sei una ragazza cattiva', il suono che vibra contro la mia pelle.

Alla fine mi diede un po 'di sollievo e si allontanò, abbassando le gambe sul letto.

Ansimavo, gli occhi stretti.

Il mio corpo era in fiamme, come se nulla di ciò che avevo fatto finora lo avesse completamente soddisfatto, eppure mi sentivo esausto.

La sua bocca coprì la mia.

Sono riuscito a trovare abbastanza forza per baciarlo di nuovo, assaporando e annusando il mio dolce muschio sulle sue labbra.

CAPITOLO IV

Devo essermi addormentato perché il mio pensiero successivo era chiedermi perché stavo sdraiato a pancia in giù sullo stomaco.

I miei polsi erano ancora legati alla testata del letto, sopra la mia testa.

Ero ancora bendato e ancora nudo, ma mi ero voltato.

Sospirai, sentendo il mio seno schiacciare contro il caldo lenzuolo, il viso raggomitolato su un cuscino che giaceva tra la mia testa e le mie braccia.

Adesso poteva raggiungere le doghe di legno sulla testiera.

Li afferrai leggermente, annusando il sudore e il profumo sul cuscino.

Stavo per chiamare Harry quando sentii un liquido caldo sulle scapole e poi la sensazione delle mani che spargevano il liquido sulla mia pelle.

Puzzava di lavanda.

"Bentornato, Deb. Hai fatto un pisolino." Si chinò e mi baciò sulla guancia. "Ho approfittato della situazione e ti ho trasferito. Ti senti bene? Ti fanno male le braccia?"

Ho sorriso e mormorato:

"Non sto bene".

"Va bene."

Mi baciò di nuovo e poi iniziò a massaggiarmi schiena e spalle.

Le sue dita scivolarono sulla pelle dall'olio.

Le sue mani si premettero delicatamente e mi tirarono sui muscoli, attirando gemiti e sospiri dal profondo dentro di me.

Prima avevo fatto diversi massaggi, ma nessuno era stato così sensuale.

Mi ha emozionato più di quanto abbia alleviato qualsiasi tensione accumulata.

Le sue dita si spostarono sulla base della mia testa, massaggiando il mio cuoio capelluto e dietro le mie orecchie.

Respirai lentamente, ricordando dove altro mi avevano massaggiato le dita.

Quando ha finito con il mio collo, ha alzato le braccia sulle mie mani.

Le nostre dita si intrecciarono, imbrattate d'olio.

Mi ha stretto le mani e mi è tornato sulla schiena e sui fianchi.

Rabbrividii quando le sue dita mi sfiorarono il seno, massaggiandomi l'olio intorno al petto dove le sue dita potevano raggiungere.

Adesso gemeva, sentendo il peso del suo corpo tra le mie gambe, premendomi contro il mio sedere.

Rabbrividii quando sentii il suo nodo indurirsi, ma si ritrasse, lavorando sulle mie gambe ora.

Piagnucolavo, seppellendo la faccia nel cuscino per attutire il suono.

Finì con i miei piedi e lentamente fece scivolare le mani lungo la parte posteriore delle mie gambe, sopra il mio sedere, premendo lungo la parte posteriore della mia vita, fianchi e giù per i fianchi.

Le sue dita mi sfiorarono di nuovo i lati del seno, e poi si distese su di me, la sua bocca contro il mio collo.

Mi spinse indietro i capelli e mi mordicchiò il lobo destro, facendomi gemere.

Sospirai e mossi il mio sedere contro di lui, sentendo la sua durezza pulsare in cambio.

Non voleva implorare, e aveva accettato di non dire nulla, ma era calda e seccata nonostante il massaggio.

Ne avevo bisogno di più.

"Harry?" Ho piagnucolato e inarcato di nuovo.

"Sì, Debbie?"

Sembrava divertente.

Come se mi aspettassi questo.

Si premette contro di me.

Ho ringhiato.

"Per favore?"

Mi leccò il collo.

"Per favore, quello?"

"Per favore..."

"Hmm?" Si alzò, sentii il sussurro dei vestiti, e poi si sedette accanto a me, la sua coscia nuda contro la mia spalla.

La sua mano mi accarezzò la parte bassa della schiena, accarezzandomi il sedere.

"Che cosa vuoi, Deb?"

Non riuscivo a respirare per un momento, sapendo che il suo cazzo era lì.

Ho piagnucolato e poi mi sono morso il labbro inferiore.

"Fammi vedere."

Ha rimosso la benda e ho dovuto sbattere le palpebre più volte per adattarmi alla luce.

Ho guardato la sua spalla nuda e un tatuaggio di filo spinato che circonda il suo bicipite sinistro.

I miei occhi si spostarono verso il basso e sentii qualcosa di profondo dentro di me contorcersi dal desiderio quando vidi il suo cazzo, duro e grosso sulla sua coscia.

Stava indicando direttamente me, la sua testa rosso vivo.

Trattenni il respiro e girai la faccia sul cuscino, afferrando di nuovo le doghe della testiera.

"Questo è tutto?" La sua mano si mosse più in basso, accarezzandomi l'interno delle cosce.

Ho agitato, gemendo.

"Non."

"Cos'altro vuoi, Deb?" La sua voce era più dolce, rauca.

Mi sono costretto a deglutire e ho chiuso gli occhi.

"Tu. Ti voglio. Per favore."

"Così?" Le sue dita scivolarono attraverso la mia umidità, sfregando contro il mio clitoride.

Ansimai, aprendo gli occhi.

In qualche modo, sono riuscito a ritrovare la mia voce.

"Voglio di più."

Mi ha accarezzato lentamente.

Le sue dita affondarono in me.

"Così?"

"Voglio di più."

Ho faticato a mettere le ginocchia sotto di me, allargare le gambe e sentirlo più in profondità.

"Cosa ne pensi di questo?" La sua voce era un sussurro caldo nel mio orecchio.

Sibilai quando lo sentii premere il suo cazzo contro di me, accarezzandola avanti e indietro tra le mie labbra esterne.

"Oh, per favore, sì!"

"Cosa vuoi che faccia dopo, Deb?"

Mi si è congelata la lingua.

Stavo solo pensando a cose sporche nella mia testa.

Non avrei mai immaginato di dire queste parole ad alta voce.

Fino ad ora.

Ma non potrei dirli.

Non potevo ...

Si chinò sulla mia schiena, il suo cazzo appoggiato tra le mie natiche e mi sussurrò all'orecchio:

"Vuoi che ti scopa, Debbie? Vuoi che rallenti davvero?"

Soffocai e poi annuii così furiosamente che mi dolse il collo per lo sforzo.

Ridacchiò, si sedette di nuovo e mi afferrò l'anca sinistra con la sua mano forte.

L'ho sentito muovere il suo cazzo fino a quando non si è posato tra le mie labbra esterne.

La pressione è aumentata.

Tutto il mio corpo si è irrigidito.

Aveva giocato con i giocattoli molte volte, quindi era abituata alle dimensioni del suo cazzo.

Ma avevo solo immaginato come sarebbe sentirsi reali dentro di me.

Nonostante sia eccitato e dilatato, sono ancora preoccupato per il dolore.

Mi ha spinto le ginocchia con le sue e sono scivolate ulteriormente tra le lenzuola.

Premette di nuovo, e questa volta entrò.

Ho soffocato di nuovo, seppellendo la mia faccia nel cuscino, fingendo che fossero le sue dita invece del suo cazzo in modo da potermi rilassare.

E proprio come promesso, molto lentamente, centimetro per centimetro, è entrato nella mia figa calda e bagnata.

Non potevo credere alla sensazione.

Non c'è stato dolore.

Invece, c'era un forte calore pulsante.

E piacere.

Oh che piacere!

Pensavo che non si sarebbe mai fermato, e poi lo ha fatto, ed entrambi siamo rimasti fermi.

"Stai bene Deb?"

Una mano mi stava ancora tenendo l'anca

L'altro mi accarezzò la schiena.

Sono riuscito a dire "Sì".

Poteva solo immaginare la nostra scena erotica: io a quattro zampe, i polsi legati al letto, il sedere sollevato verso di lui.

Si inginocchiò dietro di me, il suo cazzo sepolto in profondità dentro di me, le sue mani sui miei fianchi.

I tremori mi attraversarono.

Non mi sarei mai immaginato sottomesso ... fino a stasera.

Ha iniziato a indietreggiare.

Si diresse lentamente, un po 'fuori, di nuovo dentro; Uscì un po 'di più, completamente indietro, fino a quando non scivolò in modo che rimase solo la testa del suo membro.

È stata un'esperienza impressionante e ho potuto ansimare con poco piacere mentre si muoveva.

Adesso le sue due mani mi afferrarono per i fianchi, e lentamente mi fece entrare e uscire, facendo oscillare il mio corpo avanti e indietro contro di lui.

Prese il passo e mi ritrovai a muovermi proprio come volevo.

Quando premette fino in fondo, fermandosi per dare una spinta ancora più profonda, seppellendo le sue palle contro il mio sedere, gemetti più forte.

Ho perso la cognizione del tempo, godendomi solo le sensazioni:

Le sue mani sul mio corpo.

Il suo cazzo dentro di me.

Il suono ovattato di lui scivola nella mia figa.

Il cuore mi batteva in testa.

La nostra respirazione pesante.

Non so se abbia detto qualcosa, ma ero così concentrato sulla pressione crescente dentro di me che non credo che lo avrei sentito se avesse avuto.

Non aveva aumentato la sua velocità in ogni momento.

Così l'intera esperienza si intensificò, il piacere acquisito.

Si spostò leggermente, forse per allentare la pressione sulle sue ginocchia.

Non importava perché lo avesse fatto, ma si trasferì anche dentro e io urlai, rendendomi conto che aveva colpito il mio punto G.

Si fermò nel suo ritiro.

"Debbie? Ti ho fatto male? Stai bene?"

"Là!" Era tutto ciò che potevo dire, ansimavo in gola, spingendolo silenziosamente a continuare.

Afferrai le stecche della testiera e provai a spingerlo contro di lui, ma le sue mani mi fermarono.

Si spinse in avanti e io urlai quando lo colpì di nuovo.

"Là!"

"Ah. Ce l'ho, Deb. Ce l'ho."

E lo ha fatto.

Ancora e ancora, scivolò in profondità in quel punto perfetto.

Il limite si stava avvicinando sempre di più.

E poi mi sono capovolto, urlando fino in fondo.

Sono crollato contro il letto, ma lui ha continuato ad accarezzare, sussurrando parole di incoraggiamento.

Capiva a malapena quello che stava dicendo, ma la sua voce profonda era confortante.

Sentii le sue mani stringermi più forte.

I suoi fianchi si sono schiantati sul mio sedere, una corrente calda è penetrata profondamente in me, ho pianto con lui e poi siamo rimasti fermi.

Sorprendentemente, ha ricominciato ad accarezzarmi, più lentamente di prima, e ho avuto un altro orgasmo.

Mentre mi stringevo sotto di lui, Harry mi allungò una mano e mi slegò i polsi.

Sono caduto dalla mia parte.

Mi spinse di nuovo contro il suo petto, ancora dentro di me.

Mi vennero le lacrime agli occhi quando una delle sue mani mi coprì il petto e mi accarezzò.

L'altra mano è caduta per stringere il mio tumulo, le sue dita scivolano tra le mie cosce per strofinarmi il clitoride.

E sono venuto per la quinta volta.

Ad un certo punto, gli ho tolto le mani.

Ho sentito il suo cazzo scivolare fuori da me e mentire contro la mia gamba.

Diffuse baci sulla mia scapola e mi tenne in posizione cucchiaio contro di lui.

Quando tornai alla realtà e ripresi fiato, mi voltai a guardarlo.

Le sue braccia mi circondarono e mi avvicinarono.

"Non usiamo la vasca idromassaggio" mormorai contro la sua spalla.

"Cosa, non c'è abbastanza piacere per una notte?" Ridacchiò e mi premette le labbra sulla fronte, sfiorandomi i capelli dietro l'orecchio. "Il check out dalla stanza non è fino a mezzogiorno domani. Quindi abbiamo un sacco di tempo."

Ho appoggiato la testa all'indietro in modo da poterlo guardare negli occhi scuri.

Sembravano pesanti, assonnati come il mio.

Sono riuscito a nascondere il mio sbadiglio con un sorriso.

"Bene, perché mi manca la mia vendetta e sono una cagna."

FINE

www.ingramcontent.com/pod-product-compliance
Lightning Source LLC
LaVergne TN
LVHW040948150826
845672LV00002B/592
9798230449164